全新開始
學西班牙語
SPANISH FOR EVERYONE

U0079092

全MP3一次下載

http://booknews.com.tw/mp3/9789864542932.htm

掃描QR碼進入網頁後,按「全書音檔下載請按此」連結,可一次性下載音檔壓縮檔。

按「全書音檔網路分享資料夾」連結後,可直接點選檔名線上播放。

全MP3一次下載為zip壓縮檔,部分智慧型手需安裝解壓縮程式方可開啟,iOS系統請升級至iOS 13以上。

此為大型檔案,建議使用WIFI連線下載,以免占用流量,並請確認連線狀況,以利下載順暢。

作者序

　　撰寫《全新開始！學西班牙語》的動機，是希望能夠編寫出一本適合零基礎的讀者、可以輕鬆開啟西班牙語學習的書籍。在了解基礎發音之後，每一課都以特定主題為主軸，以基礎對話為開頭，先全面性的認識實際生活對話的全貌，再配合單字及相關片語的介紹，從簡單到進階，逐步建構每個小環節的學習。每課必學文法，也以簡單明瞭的說明及範例，讓讀者在閱讀時，可以有更多例句實際去記憶及練習。在每課的結尾，除了加入相關練習題，測試學習的成效以外，也可以藉由練習題的音檔，訓練自己的聽力。每一課的篇幅都維持在 8 頁，期望每個階段的學習，都可以以循序漸進，慢慢累積西班牙語的能力。

　　這本書構思架構及內容的過程，除了以可以自學的方向為主，也希望成為基礎西班牙語課堂上容易使用的教材。在我十多年來任教於大學及高中的經驗中，使用過的教材幾乎都以原文書為主。外文書對自學者來說，相對比較難在不進教室、沒有老師協助的情況下使用。而對老師而言，課本內容的編排分量過多或是過少，都會增加教學者在備課上的負擔。有些課程需要著重於課堂活動及對話，有些課程需要符合檢定考試的需求，在兩者之間能夠兼顧著實不容易。因此，在編寫的過程中，除了提供教學者們練習口語的方向，全書內容也涵蓋了 DELE A1 級數的文法內容。同時，也在每課的內容當中適時留白，留給老師們各自延伸發揮的空間。

　　撰寫這本書之初到完成，也是我從懷孕到生產前的過程。在工作、懷孕和寫書同時進行的過程中，既辛苦又有趣，不只因為不同身分帶來的期待和樂趣，也因為熱愛西班牙語的初衷，從開始到此刻從未間斷過。感謝有機會再次和編輯一起合作寫書，每次的討論及交流，都讓我獲益良多。感謝馮志宇老師協助審閱及指導，讓我有更多的學習及進步。當然，也要感謝一路支持我自由發揮的家人們。

　　學習一種語言，如同打開通往另一個不同國家的大門。在學習的過程中，我們藉由「聽」去感受不同語言的語調，藉由「說」與該國的人交流，藉由「讀」去了解與我們母語結構的異同，也藉由「寫」享受用不同語言去表達的成就感。從學習西班牙語的學習者，到撰寫西班牙語書籍的我，非常享受這個過程的學習及挑戰，希望每個打開這本書開啟學習西班牙語學習之路的你，也很享受這段即將展開的集章之旅。

鄭雲英

目錄

課程大綱

文法重點	詞彙學習
動詞 estar tú 與 usted ╱名詞的性與數	問候及道別用語
動詞 ser llamarse ╱出生地的詢問與表達	表示出生地的形容詞
規則動詞變化（-ar） 職業表達方式╱ mucho, muy, un poco	職業名稱
形容詞 身體狀況的表達方式╱ -er 動詞	身心狀況
方位的表達方式 -ir 動詞╱ dónde ╱ tener que ╱ porque	場所名稱
動詞 hay cuánto/a(s) ╱不定冠詞及定冠詞╱「這裡」和「那裡」	空間中的事物
所有格形容詞 quién ╱指示形容詞、指示代名詞╱比較法	親屬稱謂
動詞 saber, conocer 動詞 poder ╱動詞 ir ╱有代動詞	在各種地方做的事
數字 基數與序數╱年齡的表達方式╱動詞 parecer	水果名稱
時間與日期 表示日常動作的反身動詞	一天之中的作息

文法重點	詞彙學習
價格的表達方式 100 以上的數字／直接受格與間接受格代名詞	蔬菜名稱
動詞 gustar 動詞 querer ／動詞 preferir ／表示「想法」的句型	休閒活動
進行式 動副詞的其他用法／ juntos, solo ／ conmigo, contigo	家事
完成式 過去分詞的形容詞用法／ lo que… ／ quizás, a lo mejor	各種地方的戶外活動
邀約的句型 動詞 quedar ／同意與拒絕邀約	娛樂與消遣
天氣的表達方式 表示天氣的動詞／ hacer ／ hay ／ estar ／ ser	季節與氣候
頻率與習慣 頻率副詞／表達重複行為的時間特徵／ soler ／ antes/después de	動態與靜態休閒活動
電話用語 打招呼與找人／回應／電話中的問題	預定行程
複合句 複合句與表達時間的連接詞／附屬子句的種類	轉換心情的方法
動詞 decir 後置所有格形容詞	轉述消息

西班牙語的發音

1 西班牙語的字母 🎧 00-001

　　西班牙語的字母，大致上和英語相同，但除了「N」以外，還有「Ñ」。請聽音檔確認每個字母的名稱（標註在字母下方）。A、E、I、O、U 屬於母音字母，其他則是子音。

A a a	**B b** be	**C c** ce	**D d** de	**E e** e
F f efe	**G g** ge	**H h** hache*	**I i** i	**J j** jota
K k ca	**L l** ele	**M m** eme	**N n** ene	**Ñ ñ** eñe
O o o	**P p** pe	**Q q** cu	**R r** ere	**S s** ese
T t te	**U u** u	**V v** uve	**W w** uve doble*	**X x** equis
Y y ye (i griega)*	**Z z** zeta	* 1. hache 的 h 不發音 * 2. uve doble 是「兩個 V（uve）」的意思 * 3.「i griega」是 Y 的傳統名稱，意為「希臘的 I」		

　　還有三個字母組合，因為有各自獨特的發音，所以也常被當成額外的字母。

ch che	**ll** elle	**rr** erre

西班牙語有五個基本的母音。

a e i o u

bebida 飲料   **zumo** 果汁

其中，嘴形比較大的 a, e, o 是「強母音」，嘴形比較小的 i, u 是「弱母音」。雙母音的組合是以強母音為核心，加上一個弱母音，或者只有弱母音的組合 iu/ui。

ai ia	ei ie	oi io
au ua	eu ue	ou uo

iu ui   * ai, ei, oi, ui 如果出現在字尾，會寫成 ay, ey, oy, uy

baile 舞蹈   **Asia** 亞洲

seis 六   **siete** 七

hoy 今天   **Dios** 上帝

aula 教室   **agua** 水

euro 歐元   **huevo** 蛋

bou 拖網船   **cuota** 份額

ciudad 城市   **ruido** 噪音

❸ 子音（發音皆以國際音標表示）

● p 和 b（v） 🎧 00-003

　　p 和 b 的發音，大致和英語接近。差別在於，p 音不送氣，也就是發音比較輕，不會像英語一樣從口中噴氣的感覺，所以 pa 的發音像中文的「八」而不是「趴」。b 音發音時，聲帶振動的感覺比英語明顯。v 在現代西班牙語中，發音和 b 完全相同。

p [p]	pa	pe	pi	po	pu
b [b]	ba	be	bi	bo	bu
v [b]	va	ve	vi	vo	vu

peso 重量 — beso 吻　　　　　paso 一步 — vaso 玻璃杯

● t 和 d 🎧 00-004

　　t 和 d 的發音，大致和英語接近。差別在於，t 音不送氣，也就是發音比較輕，不會像英語一樣從口中噴氣的感覺，所以 ta 的發音像中文的「搭」而不是「他」。d 音發音時，聲帶振動的感覺比英語明顯。

t [t]	ta	te	ti	to	tu
d [d]	da	de	di	do	du

torso 軀幹 — dorso 背面　　　　　venta 銷售 — venda 繃帶

● c/q（k）和 g 🎧 00-005

　　西班牙語 [k] 和 [g] 音的差別，大致上和 [p]-[b]、[t]-[d] 的情況類似。不過，在西班牙語中，除了外來語以外，很少使用 k 這個字母，取而代之的是 c 和 q，而且隨著後面所接的母音不同，使用的字母也不同，如下表所示。另外，que, qui, gue, gui 的寫法都會加上 u，但實際上 u 不發音。

c/q [k]	ca [ka]	que [ke]	qui [ki]	co [ko]	cu [ku]
g [g]	ga	gue [ge]	gui [gi]	go	gu

casa 房子 — gasa 紗布　　　　　esquiar 滑雪 — guiar 帶領

● [θ] 音：z 和 c 🎧 00-006

西班牙語的 [θ] 音和英語的「th」（例如 think）發音相同，是將舌頭放在上下排牙齒之間發音。一般而言，當母音是 e, i 時，用字母 c 表示 [θ] 音；母音是 a, o, u 時，則用字母 z 表示。

z/c [θ]　　za [θa]　　ce [θe]　　ci [θi]　　zo [θo]　　zu [θu]

zapato 鞋子　　**zumo** 果汁　　**cesta** 籃子　　**cinta** 帶子

● [x] 音：j 和 g 🎧 00-007

西班牙語的 [x] 音和北京腔華語「喝」的發音相同，舌頭後部會抬起並接近上顎，在這個部位發出摩擦的聲響。除了字母 j 以外，ge, gi 中的 g 也是同樣的發音。

j　　　ja [xa]　　je [xe]　　ji [xi]　　jo [xo]　　ju [xu]

g　　　　　　　ge [xe]　　gi [xi]

jamón 火腿　　**jefe** 老闆　　**gente** 人們　　**girasol** 向日葵

● f、s 和 ch 🎧 00-008

這些字母的發音都和英語相似，f 是唇齒摩擦音，s 是舌尖摩擦音，ch 則是 [tʃ] 音，也就是舌尖和上顎完全接觸後再發出摩擦音。不過，西班牙語的 ch 發音時，嘴形平平的，不像英語那樣帶點嘟起嘴唇的感覺。

f [f]　　fa　　　fe　　　fi　　　fo　　　fu

s [s]　　sa　　　se　　　si　　　so　　　su

ch [tʃ]　cha　　che　　chi　　cho　　chu

fácil 簡單的　　**sano** 健康的　　**chaqueta** 外套

fijo 固定的　　**siesta** 午睡　　**chica** 女孩子

● **h（不發音）** 🎧 00-009

除了 ch 發成 [tʃ] 音以外，西班牙語的 h 是不發音的，只顯示在拼字中。

| **h** | ha [a] | he [e] | hi [i] | ho [o] | hu [u] |

hola 你好 ─ **ola** 波浪　　**hambre** 飢餓　　**helado** 冰淇淋

● **m、n 和 ñ** 🎧 00-010

m、n 的發音和英語相同。ñ 的發音和 n 類似，差別在於 n 只是舌尖輕輕碰到上顎，而 ñ 是將整個舌頭的前半部都貼住上顎。雖然 ñ 聽起來有點像 ni，但仍然有很明顯的不同。

m [m]	ma	me	mi	mo	mu
n [n]	na	ne	ni	no	nu
ñ [ɲ]	ña	ñe	ñi	ño	ñu

mano 手　　**moneda** 錢幣　　**niño** 小孩　　**mañana** 明天

● **l 和 ll/y** 🎧 00-011

l 的發音和英語相同。ll 的西班牙正統發音是舌頭的中間和上顎接觸，氣流從舌頭兩側通過，聽起來和英語字母「y」的發音非常接近。y 的發音部位和 ll 相同，但多了些摩擦的聲響，有點像是英語字母「j」的發音。

不過，在許多西班牙語方言中，ll 的發音已經變得和 y 完全相同，都發成摩擦音。本書的音檔採用兩者相同的發音 [ʝ]。

l [l]	la	le	li	lo	lu
ll [ʎ] (ʝ)*	lla	lle	lli	llo	llu
y [ʝ]	ya	ye	yi	yo	yu

lomo（身體的）背　　**sol** 太陽　　**olla** 燉煮鍋 ─ **hoya** 坑洞

* 音檔發音為 [ʝ]。

● r 和 rr 🎧 00-012

　　單個 r 在字中或字尾的時候，發音比較簡單，將舌尖輕彈一次即可。而 r 在字首的時候，或者在字中以 rr 表示的時候，則是許多人感到困難的「彈舌音」，發音時要將舌尖輕輕貼在上顎，並且運用丹田（腹部）的力量，讓強烈的氣流帶動舌尖的顫動。

r（字中）[r]	-ra	-re	-ri	-ro	-ru
r（字首）[r̄]*	ra-	re-	ri-	ro-	ru-
rr（字中）[r̄]*	-rra	-rre	-rri	-rro	-rru

cera 蠟，蠟筆　　　harina 麵粉　　　rastro 痕跡　　　torre 塔

* 國際音標標記法為 [r]，但為了便於分辨，西班牙語教材中經常在上面加上橫線標示。

● w 和 x 🎧 00-013

　　w 和 x 在西語詞彙中很少使用。w 只出現在外來語中，發音和英語一樣是 [w]。x 比較常見的發音是 [ks]，在子音之前可以簡化成 [s]。在少數特定單字（例如 México）中，則和 j 一樣發成 [x] 音。

sitio web 網站　　　examen 測驗　　　excusa 藉口　　　México 墨西哥
　　　　　　　　　　　　[ks]　　　　　　[ks]/[s]*　　　　　[x]

* 字母 x 後面接子音時，美洲的西班牙語發音仍然是 [ks]，但在西班牙本土的口語中，通常簡化成 [s]，只有在想要強調古典式發音時，才會刻意唸出清楚的 [ks]。

④ 西班牙語單字的重音

　　母音結尾的單字，重音落在倒數第二個音節，重音節的音調比較高。音節以母音為核心，每個母音或雙母音（少數情況下有三重母音）可以搭配子音或獨自構成一個音節。但兩個強母音（a, e, o）排列在一起時，例如 eo、ae 等情況，則不能視為同一個音節，而是分屬兩個音節。　🎧 00-014

<table>
<tr><td>ca・sa</td><td>cho・ri・zo</td><td>o・cu・pa・do</td></tr>
<tr><td>房子</td><td>香腸</td><td>忙碌的</td></tr>
<tr><td>fies・ta</td><td>no・vio</td><td>cua・tro</td></tr>
<tr><td>派對</td><td>男友</td><td>四</td></tr>
<tr><td>pa・se・o</td><td>pa・e・lla</td><td>to・a・lla</td></tr>
<tr><td>散步</td><td>燉飯</td><td>毛巾</td></tr>
</table>

　　如果單字以**子音結尾**，重音位置會變成最後一個音節。但子音 **-n、-s** 結尾的單字，不適用這項規則，重音仍然在倒數第二個音節（常見於動詞變化形或名詞複數形）。

🎧 00-015

<table>
<tr><td>pa・red</td><td>es・pa・ñol</td><td>se・ñor</td></tr>
<tr><td>牆壁</td><td>西班牙語</td><td>先生</td></tr>
<tr><td>es・cu・chan</td><td>com・pras</td><td>se・ño・res</td></tr>
<tr><td>他們聽</td><td>你買</td><td>先生（複數）</td></tr>
</table>

　　如果單字**有標示重音符號**，就不用考慮以上規則，符號標示處就是重音所在的位置。如果是雙母音，重音符號通常會標示在強母音上。但如果有重音符號的弱母音和強母音相鄰，則這兩個母音屬於各自獨立的音節，而不會連在一起發音。　🎧 00-016

<table>
<tr><td>pá・ja・ro</td><td>di・fí・cil</td><td>a・le・mán</td></tr>
<tr><td>鳥</td><td>困難的</td><td>德國人</td></tr>
<tr><td>pe・rió・di・co</td><td>dí・a</td><td>pa・ís</td></tr>
<tr><td>報紙</td><td>日子</td><td>國家</td></tr>
</table>

本文

生活會話與文法解說

¿Cómo estás?

你好嗎？

主題對話① 向老師打招呼 🎧 01-101

Ana: ¡Hola! Buenos días.

El profesor: ¡Hola! Buenos días.

Ana: ¿Cómo está usted?

El profesor: Muy bien, ¿y tú? ¿Cómo va todo?

Ana: Muy bien.

主題對話② 向朋友打招呼 🎧 01-102

José:　　¡Hola! Miguel, ¿qué tal?

Miguel:　Buenas. ¿Cómo estás?

José:　　Muy bien. ¿Y tú?

Miguel:　Bien, bien, gracias.

📖 **翻譯與詞彙** 🎧 01-103

對話① ▶▶▶
安娜：　嗨！早安。
老師：　嗨！早安。
安娜：　您好嗎？
老師：　（我）很好，妳呢？一切過得如何？
安娜：　（我）很好。

hola 嗨

buenos días 早安

el profesor 男老師，男教授

¿Cómo está usted? 您好嗎？
（問候尊敬的對象）

muy bien 非常好

¿y tú? 那你呢？

¿Cómo va todo? 一切過得如何？

對話② ▶▶▶
荷西：　　嗨！米格爾，你好嗎？
米格爾：你好。你好嗎？
荷西：　　我很好，你呢？
米格爾：（很）好，（很）好，謝謝。

¿Qué tal? 你好嗎？

Buenas. 你好。
（可代替早安、下午好、晚上好的輕鬆說法）

¿Cómo estás? 你好嗎？
（問候一般人）

gracias 謝謝

本課文法

1 西班牙語的人稱與動詞 estar 的用法 🎧 01-201

西班牙語的人稱代名詞，可以大致區分為「主格」及「受格」兩種，其中**主詞和動詞的形態息息相關**。隨著主詞的不同，動詞會有相應的變化形式，**依照主詞是第一 / 第二 / 第三人稱、單數或複數，共有 6 種不同的形態**（即「我、你、他 / 她 / 您、我們、你們、他們 / 她們 / 您們」6 種），和英語絕大部分的動詞只區分單複數不同。因為只看動詞就可以知道主詞的種類，所以在主詞很明顯的情況下，**西班牙語經常會省略主詞位置上的代名詞**，除非是為了避免混淆，或者是想要強調主詞。

例如本課使用的動詞 estar，有以下六種變化：

Yo	estoy	我…	Nosotros/as	estamos	我們…
Tú	estás	你…	Vosotros/as	estáis	你們…
Él/Ella/Usted	está	他 / 她 / 您…	Ellos/Ellas/Ustedes	están	他 / 她 / 您們…

從上表當中，可以清楚看到第三人稱單數「他 / 她 / 您」及複數「他 / 她 / 您們」，是共用同一種動詞形式。也就是說，在西班牙語要表示尊敬時，是將對方視為第三人稱（詳見文法說明 3）。

estar 是對應英語 be 的動詞之一（另一個動詞 ser 將在下一課介紹），用來表達人、事、物的「**狀態**」，例如情緒、所在位置、身體狀態、暫時性的工作……等等，具有「**變動**」及「**暫時性**」的特點。

狀態，情緒	所在位置

Estoy bien. 我很好。	Estoy en Madrid. 我在馬德里。

estar 最基本的句型如下：

主詞（可省略）＋ **estar** ＋ 狀態（情緒、身體等等）

(Yo)　　　　　estoy　　　muy bien. 我很好。

2 問好時使用的疑問詞：**cómo、qué tal**

前面提到動詞 estar 可以用來表達狀態，那麼如果要詢問別人的狀態，該怎麼說呢？西班牙語會使用疑問詞 cómo，中文的意思是「如何」，相當於英語的 how。和人碰面的時候，會問 **¿Cómo estás?**，直譯就是「你的狀態如何？」（也就是英語的 How are you?），從使用的情境來看，可以說和中文的「你好嗎？」是差不多的意思。也可以使用意思和 cómo 相近的 qué tal，不管說 **¿Qué tal?** 或 **¿Qué tal estás?**，都是「你好嗎？」的意思。

3 主詞 **tú** 與 **usted** 的差別 🎧 01-202

西班牙語當中，除了用於平輩及上對下關係的第二人稱 tú（你）以外，還有**表達敬稱的 usted（您），在文法上視為第三人稱**，而非第二人稱。換句話說，是藉由將第二人稱改變為第三人稱，來表達自己的敬意。舉例來說，和師長或主管對話時，就可以用 usted（您）作為敬稱。但在拉丁美洲（墨西哥除外），不論對方是長輩或平輩，人們都習慣使用 usted 來取代 tú，所以 usted 在當地的尊敬意味並不強。

¿Cómo estás (tú)? 你好嗎？
¿Cómo está usted? 您好嗎？

不過，在一般情況下，西班牙人並不是很常使用 usted，因為顯得太有禮貌，有時反而感覺疏遠、見外。所以，對於熟識的師長，許多大學生都會親切地稱呼老師的姓名，並且以 tú 人稱與對方談話。例如 David 巧遇自己比較熟的老師，就會這麼說：

David: ¡Hola! Mercedes, ¿cómo estás? 大衛：嗨！梅西迪斯，你好嗎？
Prof. Mercedes: ¡Hola! David, ¿qué tal? 梅西迪斯老師：嗨！大衛，你好嗎？

4 名詞的性與數

　　西班牙語屬於拉丁語系，因此名詞同樣分為「**陰性**」（西文簡寫符號「f.」）及「**陽性**」（西文簡寫符號「m.」）兩種。人物、動物名詞經常會有陰性、陽性兩種形式，也就是對應「**女性、男性**」或「**雌性、雄性**」。例如課文中出現的陽性名詞 profesor 是指「男老師」，對應的陰性名詞 profesora 就是指「女老師」。至於事物名詞，例如 casa（房子）是陰性、libro（書）是陽性，它們的「性」和事物本身的性質沒什麼關係，純粹是文法上的分類。性的區分很重要，因為冠詞和形容詞都會隨著名詞的性而使用不同的形式。在本書課文的單字列表中，為了方便區分名詞的性，會加上冠詞，如陰性的 la casa、陽性的 el libro 等等。

　　除了性別以外，名詞也有單複數的區分，在單數名詞後面加上 -s 或 -es 就會形成複數。依照名詞字尾的不同，大致上可以分為以下幾種： 🎧 01-203

字尾是母音	**+ s** **casa**（房子）→ **casas**
字尾是子音或 í	**+ es** **ordenador**（電腦）→ **ordenadores** **marroquí**（摩洛哥人）→ **marroquíes**
字尾是 z	**-z → -ces** **arroz**（米）→ **arroces**
字尾是 s	維持不變 **lunes**（星期一）→ **lunes** **paraguas**（雨傘）→ **paraguas**

問候及道別用語的整理

1. 不同時間的問候 01-301

Buenos días.
早安。

Buenas tardes.
午安（下午好）。

Buenas noches.
晚上好／晚安。

Buenas.
你好。

　　不管正式或非正式的場合，都可以使用這些問候語。在西班牙，吃午餐（13:00 或 14:00）之前說 Buenos días.，下午到晚餐（20:00 或 21:00）或太陽下山前是 Buenas tardes.，天黑之後則會說 Buenas noches.。Buenas 則是不受時間限制，感覺也比較隨興的問候語。在拉丁美洲國家，不像西班牙由於時區偏差而有正午時間較晚、作息也偏晚的問題，所以是用正午 12:00 和日落時間作為時間段的分界。

2. 一般場合的問候 01-302

¿Cómo estás? ¿Qué tal?	西班牙語當中，¿Cómo estás? 及 ¿Qué tal? 是最常用的問候語。雖然都是「你好嗎？」的意思，但 ¿Qué tal? 通常只是表達單純打招呼，並沒有期待對方回答近況，或回覆當下的狀態好或不好。
¿Cómo andas?	這裡使用的動詞 andar 本意是「走」，引申為「你過得怎樣？」的意思。
¿Cómo va? ¿Cómo va todo?	類似英語 How is it going? 或是 How is everything going?，都是問候對方「最近（一切）過得如何」。動詞 va 是 ir（去）的第三人稱單數形，類似英語的 go，而 todo 是指「一切」（everything）。這兩個問候語是期待對方聊聊近況。

3. 正式場合的問候

¿Cómo está? **¿Qué tal está?**	運用人稱的變化（estás 變成 está），就可以用來表達敬稱或用在正式場合。例如：¿Cómo está?（您好嗎？）。回應時，老師或長輩會使用省略動詞（estoy）的用法，表示比較親切、口語的感覺，例如：(Estoy) bien.（〔我很〕好）。

4. 問候熟識的朋友

¿Qué pasa?	使用動詞 pasa（pasar 的第三人稱單數變化，中文意思為「發生」），類似英語 what's up? 或 what happened? 的意思，適用於非正式場合或相熟朋友之間的口語對話中。
¿Qué hay?	動詞 hay 是「有」的意思，是問久未見面的親朋好友「有沒有什麼不同的變化」或「近況如何」。常見的口語回覆是 Estoy (muy) bien.，也可以用強度副詞表示「非常好」：Estoy estupendamente.。

5. 道別用語 01-305

道別用語的選擇，和下次可能見面的時間有關。

Adiós. 再見。	最常見的道別，也代表可能短時間不會再見
Hasta luego. 再見。	之後會再見到對方
Hasta pronto. 待會見。	短時間內很快會再見到對方
Hasta mañana. 明天見。	hasta 後面接下次見面時間
Hasta otro día. 改天見。	不確定哪天會見面，就可以這樣說
Chao. 再見。	源自義大利語，常用於朋友或家人間的口語對話
Buenas noches. 晚安。	在晚上跟對方問候、道別都可以使用，但用在道別時居多。

I. 請寫出以下句子的中文意思。

　　1. ¿Cómo está? _____

　　2. Yo estoy muy bien. _____

　　3. ¿Cómo estás? _____

　　4. Hasta luego. _____

　　5. Buenos días. _____

II. 請選出適當的回應。

　　1. A: ¿ Cómo estás?　B: _____

　　　　a) Gracias.　　　　　b) Hola.　　　　　c) Muy bien.

　　2. A: ¿Qué tal está?　B: _____

　　　　a) Muy bien.　　　　b) Hola.　　　　　c) Gracias.

　　3. A: ¡Hola! Buenos días.　B: _____

　　　　a) Adiós.　　　　　　b) Muy bien.　　　　c) Buenos días.

　　4. A: ¡Hola! Buenas.　B: _____

　　　　a) Hasta pronto.　　b) Muy bien.　　　　c) ¡Hola!

　　5. A: Hasta mañana.　B: _____

　　　　a) Buenos días.　　　b) Buenas.　　　　c) Hasta mañana.

III. 請完成以下對話。

　　David: ¡Hola! Ana, ¿cómo _____?

　　大衛：嗨！安娜，妳好嗎？

　　Ana: ¡Hola! ¿Qué tal _____?

　　安娜：嗨！你好嗎？

　　David: ¿Cómo _____ todo?

　　大衛：最近一切如何？

　　Ana: Todo bien, ¿y tú?

　　安娜：一切都好，你呢？

　　David: Yo _____ muy bien.

　　大衛：我很好。

Soy española.

我是西班牙人。

主題對話① 初次見面 🎧 02-101

David: ¡Hola! Soy David. ¿Cómo te llamas?

Ana: ¡Hola! Me llamo Ana.

David: ¿De dónde eres?

Ana: Soy de España, soy española, ¿y tú?

David: Yo soy de Francia. Soy francés.

Ana: Encantada.

David: Mucho gusto.

主題對話② 談論另一個人 🎧 02-102

Jorge: ¿Quién es ella? ¿Es estudiante?

Ema: Ella es Cristina. Es profesora de español.

Jorge: ¿Es española?

Ema: Sí, su padre es español y su madre es japonesa.

📖 翻譯與詞彙 🎧 02-103

對話① ▶▶▶

大衛：嗨！我是大衛。妳叫什麼名字？
安娜：嗨！我叫安娜。
大衛：妳來自哪裡？
安娜：我來自西班牙。我是西班牙人，你呢？
大衛：我來自法國。我是法國人。
安娜：很高興認識你。
大衛：很榮幸認識妳。

llamarse (me llamo, te llamas) 叫做⋯
dónde 哪裡
España 西班牙
español / española 西班牙的（男／女人）
Francia 法國
francés / francesa 法國的（男／女人）
encantado/a 高興的
Mucho gusto. 很榮幸認識你。

對話② ▶▶▶

喬治：她是誰？是學生嗎？
艾瑪：她是克莉絲蒂娜。她是西班牙語老師。
喬治：她是西班牙人嗎？
艾瑪：是啊，她的爸爸是西班牙人，
　　　而她的媽媽是日本人。

quién 誰
el/la estudiante 學生
el profesor / la profesora 老師
su 他（她）的
el padre 父親
la madre 母親
japonés / japonesa 日本的（男／女人）

本課文法

1 動詞 ser

　　英語的 be 動詞，在西班牙語有 ser 動詞及 estar 動詞兩種表達方式。不同於英語的 be 動詞，上述兩種 be 動詞有許多使用情況及意義上的差別。一般來說，西班牙語的 **ser 動詞**，是用來描述人、事、物的「**本質**」。例如：國籍、身分、與他者的關係、道理、事實、職業……等等。**estar 動詞**則是用來表達人、事、物當時或某段時間的「**狀態**」，具有「**變動**」及「**暫時性**」的特點。例如：情緒、所在位置、身體狀態、暫時性的工作……等等。 🎧 02-201

ser：表示本質	estar：表示狀態
● 身分 Ana es de España. 安娜來自西班牙。	● 所在位置 Ana está en Taiwán. 安娜現在在台灣。
● 職業 Eva es profesora. 愛娃是老師。	● 身心狀況 Estoy bien. 我現在很好。

ser 的動詞變化 🎧 02-202

(Yo)	soy	我是	(Nosotros/as)	somos	我們是
(Tú)	eres	你是	(Vosotros/as)	sois	你們是
Él/Ella/Usted	es	他 / 她 / 您是	Ellos/Ellas/Ustedes	son	他 / 她 / 您們是

　　因為從動詞就可以看出人稱，所以在談話雙方很清楚知道是指誰的情況，尤其是第一、第二人稱（我／我們和你／你們），通常會省略主詞。

(Yo) soy española. 我是西班牙（女）人。

　　ser 的句型非常簡單，只要說「主詞 + ser + 補語」，就能表達「主詞是…」的意思。 🎧 02-203

主詞	+	動詞 ser	+	補語
Ella		es		española.

她是西班牙人。

如果要改為疑問句「主詞是…嗎？」，則會把動詞 ser 移到句首，並且在句子前後加上問號。像這樣詢問「是」或「否」的問句（沒有疑問詞的問句），句尾的語調會上揚。

¿Es ella Española?

她是西班牙人嗎？

如果使用疑問詞，例如 quién（誰）的話，則會把疑問詞放在句首，句尾語調不上揚。

¿Quién es ella?

她是誰？

② llamarse「叫做」的用法 🎧 02-204

llamarse 的動詞變化（複數使用情況較少，故省略）

（Yo）	me llamo	我叫做…
（Tú）	te llamas	我叫做…
（Él/Ella/Usted）	se llama	他／她／您叫做…

llamarse 這種動詞稱為「有代動詞」，也就是「帶有人稱受格代名詞」的動詞。主詞是「你」或「我」的時候，幾乎都不會把 Yo 或 Tú 說出來。問句是用疑問詞「Cómo」（如何）詢問，也就是「你如何稱呼自己」的意思。回答時，也可以用 ser 動詞表達。

¿Cómo te llamas? 你叫什麼名字？

Me llamo Antonio.
我叫安東尼歐。（或 [Yo] soy Antonio.「我是安東尼歐」）

3 出生地的詢問與表達方式 🎧 02-205

　　與初次見面或是不熟識的朋友對話時，常會問對方來自哪裡。這時候會使用疑問詞 dónde（哪裡）和表示來源的介系詞 de 表達。當疑問詞接在介系詞後面的時候（例如例句中的 de dónde「來自哪裡」），介系詞會和疑問詞一起移到句首。

　　¿De dónde eres (tú)? 你來自哪裡？
　　(Yo) soy de Taiwán. 我來自台灣。

　　除了用「de + 地方」以外，也可以用表示出生地的形容詞來表達（參考下一頁），注意要配合主詞的性別和單複數做詞尾變化。

　　(Yo) soy taiwanesa. （主詞是女性）我是台灣人。

4 「很高興認識你」的表達方式 🎧 02-206

　　在結束初次對話之前，要表達「很高興認識你」，有兩種說法：

　　Encantado. / Encantada. （說話者是男性／女性）很高興〔認識你〕。
　　Mucho gusto. 很榮幸〔認識你〕。

　　Encantado/a. 的原意是 Yo estoy encantado de conocerte.（我很高興認識你），因為是形容詞，所以要配合主詞（說話者）的性別而改變詞尾。Mucho gusto 則是「很多喜悅」的意思，gusto 是表示「喜悅」的名詞，不會隨著說話者的性別而改變字尾。

單字及對話練習

● 表示出生地的形容詞（注意只有地名首字大寫，形容詞不大寫） 02-301

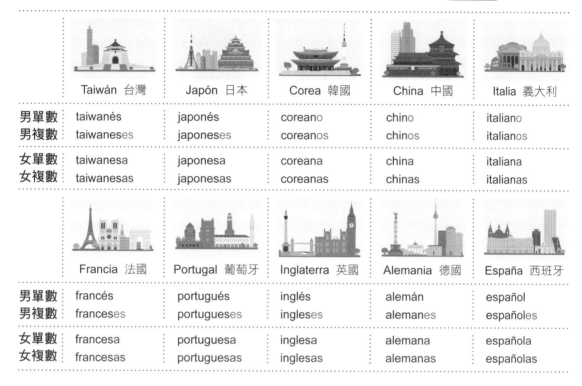

	Taiwán 台灣	Japón 日本	Corea 韓國	China 中國	Italia 義大利
男單數 男複數	taiwanés taiwaneses	japonés japoneses	coreano coreanos	chino chinos	italiano italianos
女單數 女複數	taiwanesa taiwanesas	japonesa japonesas	coreana coreanas	china chinas	italiana italianas

	Francia 法國	Portugal 葡萄牙	Inglaterra 英國	Alemania 德國	España 西班牙
男單數 男複數	francés franceses	portugués portugueses	inglés ingleses	alemán alemanes	español españoles
女單數 女複數	francesa francesas	portuguesa portuguesas	inglesa inglesas	alemana alemanas	española españolas

● 對話練習：初次見面 02-302

請利用上面的單字，替換以下對話中有顏色的部分進行練習，也請記得按照說話者的性別使用正確的性別字尾。（以下例子中，A 為男性，B 為女性）

A: ¡Hola! Soy **David** . ¿Cómo te llamas?

B: ¡Hola! Yo soy **Ana** .

A: ¿De dónde eres?

B: Soy de **España** . Soy **española** .¿Y tú?

A: Yo soy de **Alemania** . Soy **alemán** .

B: Encantad**a**.

A: Encantad**o**.

A：嗨！我是 **大衛** 。妳叫什麼名字？

B：嗨！我是 **安娜** 。

A：妳來自哪裡？

B：我來自 **西班牙** 。我是 **西班牙人** 。那你呢？

A：我來自 **德國** 。我是 **德國人** 。

B：很高興認識你。

A：很高興認識妳。

Ema:　　¡Hola! Me llamo Ema.
　　　　¿Cómo te llamas?
　　　　嗨！我叫做艾瑪。你叫什麼名字
　　　　呢？

Pablo:　¡Hola! Soy Pablo, de Italia.
　　　　¿Eres de aquí?
　　　　嗨！我是保羅，（我）來自義大利。
　　　　妳是本地人嗎？

Ema:　　No, soy de Francia.
　　　　不是，我來自法國。

Pablo:　**¿De qué parte de Francia?**
　　　　妳來自法國哪個地方（城市）呢？

Ema.　　Soy de París.
　　　　我來自巴黎。

Pablo:　**Es una ciudad muy bonita.**
　　　　（巴黎）是一個很美的城市。

Ema:　　Gracias.
　　　　謝謝。

¿Eres de aquí?　你是本地人嗎？

　　表示來源的介系詞 de 後面加上 aquí（這裡），表示「來自這裡」，也就是「本地的
人」。

¿De qué parte de + 國家？　來自…的什麼地方？

　　qué parte de ... 表示「…的什麼部分」，所以這個句子是在對方表明自己的出身國家
之後，進一步詢問對方來自其中的哪個部分（區域或城市）。

Es una ciudad muy bonita.（前面提過的某個地方）是很美的城市。

　　修飾名詞的形容詞，通常會放在名詞之後。而副詞 muy 則是放在形容詞（bonita）
前面，提高形容詞的程度。因為主詞 París 在前面已經提過了，所以可以省略。

I. 請將以下的句子翻譯成中文。

1. Yo soy taiwanesa. Soy de Taipei. _____

2. Nosotros somos japoneses. _____

3. ¿Eres japonesa? _____

4. Pablo y Emilia son españoles. _____

5. ¿De dónde es Ema? _____

II. 請使用括號中提示的動詞，填入正確的動詞形態。

1. María _____ (ser) española.

2. ¿De dónde _____ (ser) vosotros?

3. ¿ Tú_____ (ser) de aquí?

4. ¿Cómo _____ (llamarse) la profesora?

5. El profesor de español _____ (llamarse) Pablo.

III. 請按照中文翻譯的內容，完成以下對話。

David: ¡Hola! Yo _____ David. ¿Cómo _____?

嗨！我是大衛。妳叫什麼名字？

Ana: ¡Hola! _____ Ana.

嗨！我叫做安娜。

David: ¿De dónde eres?

妳來自哪裡？

Ana: _____ España, ¿y tú?

我來自西班牙。你呢？

David: Yo _____ alemán. Encantado.

我是德國人。很高興認識妳。

Ana: _____.

很高興認識你。

IV. 請聽音檔，並且選出符合對話內容的敘述。 *chica：女孩

🔊 音檔① 🎧 02-501

1. a) Antonio es de Francia. b) Antonio es de Italia.

🔊 音檔② 🎧 02-502

2. a) La chica italiana se llama Nina. b) La chica italiana se llama Ema.

🔊 音檔③ 🎧 02-503

3. a) Cristina es de Barcelona. b) Cristina es de Madrid.

¿A qué se dedica?

您從事什麼職業？

主題對話 ① 面試 🎧 03-101

La entrevistadora: Buenos días. ¿Cómo se llama?

David: Buenos días. Me llamo David Sánchez.

La entrevistadora: ¿A qué se dedica ahora?

David: Soy estudiante, pero estoy de camarero en una cafetería.

La entrevistadora: ¿Habla inglés?

David: Sí, hablo muy bien inglés.

La entrevistadora: Muy bien.

主題對話② 聊彼此的工作 🎧 03-102

Ana: ¡Hola! Antonio. ¿Qué tal?

Antonio: Buenas. ¿Cómo va todo? ¿Y qué haces ahora?

Ana: Ahora no tengo* trabajo. ¿Y tú?

Antonio: Yo trabajo como maestro de inglés en una guardería.

Ana: ¡Felicidades!

Antonio: Muchas gracias.

> *動詞 tener（擁有）
> 我 tengo
> 你 tienes
> 他／她 tiene
> 我們 tenemos
> 你們 tenéis
> 他／她們 tienen
> （參見第 4 課）

📖 **翻譯與詞彙** 🎧 03-103

對話① ▶▶▶

面試人員：　早安。您叫什麼名字？

大衛：　　　早安。我叫做大衛‧尚潔詩。

面試人員：　您現在從事什麼職業？

大衛：　　　我是學生，但我目前在一家咖啡店當服務生。

面試人員：　您會說英語嗎？

大衛：　　　會，我說英語說得很好。

面試人員：　很好。

el/la entrevistador/-ra 男／女面試官
¿A qué se dedica? 您從事什麼職業？
ahora 現在
estar de 暫時做…工作
pero 但是
el/la camarero/-a 男／女服務生
la cafetería 咖啡店
hablar 說
(el) inglés 英語
muy bien 非常好地

對話② ▶▶▶

安娜：　　　嗨！安東尼。你好嗎？

安東尼：　　你好。一切都好嗎？你現在做什麼工作？

安娜：　　　我現在沒有工作。你呢？

安東尼：　　我在一家幼兒園當英文老師。

安娜：　　　恭喜！

安東尼：　　非常感謝。

¿Qué haces? 你做什麼工作？
tener 擁有
el trabajo 工作（名詞）
trabajar 工作（動詞）
el maestro / la maestra
（幼兒園的）老師
la guardería 幼兒園
¡Felicidades! 恭喜！
Muchas gracias. 非常感謝。

本課文法

① 規則動詞變化：-ar 動詞

　　西班牙語的動詞變化，可以依照動詞原形的詞尾分為 -ar、-er、-ir 三類，每一類動詞都有各自的變化規則。許多動詞是依照下表的方式改變字尾，而完全遵照這種規則的動詞就稱為「規則變化」動詞。如果字尾變化和下表不同，或者字根還會發生其他的變化（例如前面學過的 estar 和 ser），則稱為「不規則變化」動詞。本課使用的大部分是 -ar 規則變化動詞。

規則動詞變化表（直述式現在時態 presente de indicativo）*

動詞原形	-ar	-er	-ir
Yo 我	-o	-o	-o
Tú 你	-as	-es	-es
Él/Ella/Usted 他 / 她 / 您	-a	-e	-e
Nosotros/Nosotras 我們	-amos	-emos	-imos
Vosotros/Vosotras 你們	-áis	-éis	-ís
Ellos/Ellas/Ustedes 他 / 她 / 您們	-an	-en	-en

-ar 規則動詞的例子： 🎧 03-201

　　（後兩者有 se 的動詞，稱為「有代動詞」，將在第 8 課、第 10 課詳細介紹）

trabajar（工作）：trabajo, trabajas, trabaja, trabajamos, trabajáis, trabajan

hablar（說）：hablo, hablas, habla, hablamos, habláis, hablan

llamarse（叫做）：me llamo, te llamas, se llama, nos llamamos, os llamáis, se llaman

dedicarse（從事於）：me dedico, te dedicas, se dedica, nos dedicamos, os dedicáis, se dedican

---

*西班牙語動詞依據動詞行為發生的方式（modo），有幾種不同的語氣，分為「直述式（或稱陳述式）（modo indicativo）」、「虛擬式（modo subjuntivo）」及「祈使式（或稱命令式）（modo imperativo）」。直述式指的是針對「事實」做客觀的陳述。虛擬式所陳述的內容，是以說話者「主觀」看法做表達。而祈使式則是用來表達命令、建議……等等的內容。依照「時態（tiempo）」的不同，直述式及虛擬式各自又可以區分出現在（presente）、過去（pretérito）、未來（futuro）等不同類型。

2 表達職業的方式 🎧 03-202

說明自己的職業時，可以使用「trabajar + 介系詞」或「ser」來表達。

● **trabajar + en + 工作地點**

(Yo) trabajo en una escuela. 我在學校工作。

● **trabajar + de/como + 職業名稱**

(Yo) trabajo de cajero en un banco. 我在銀行當行員。

● **ser + 職業名稱**

(Yo) soy profesora. 我是（女）老師。

如果是「暫時性」的工作，可以用 estar de 來表達。

● **estar + de + 職業名稱**

(Yo) estoy de camarera en un restaurante. 我目前在一家餐廳當（女）服務生。

> 註：表明職業通常不加冠詞，除非是在名詞後方加上形容詞或 de + 名詞。

另外，「失業中」、「待業中」則可以用 estar desempleado/a（處於沒有被雇用的狀態；後面的形容詞要隨著主詞性別改變字尾）或 estar en paro（西班牙本土口語）來表達。

3 詢問職業的方式

詢問職業的方式有三種，每個說法都使用了疑問詞 qué（什麼）。 🎧 03-203

¿A qué te dedicas? 你從事什麼（領域的）職業？	dedicarse 用來表達「從事於」某項工作領域或職業，通常會搭配介系詞 a。
¿Qué haces? 你是做什麼（工作）的？	用動詞 hacer 來詢問對方「（目前）在做什麼（工作）？」。
¿Qué profesión tienes? 你的職業是什麼？	用動詞 tener 來表達，字面上的意思是「你（目前）有什麼職業？」。

不管是哪種問法，都可以直接用文法說明 2 的句型回答，不需要使用和問句相同的動詞。

● **hacer**（做）和 **tener**（擁有）是不規則動詞，變化形如下 03-204

hacer：hago, haces, hace, hacemos, hacéis, hacen

tener：tengo, tienes, tiene, tenemos, tenéis, tienen

---

④ 副詞 mucho, muy, un poco 🎧 03-205

和名詞、形容詞不同，**副詞的性、數不變，詞尾也不會因為人稱不同而改變**。「程度副詞」是最常用的副詞之一，包括 muy（非常）、mucho（很多地）、poco（很少地）等等。雖然看起來和形容詞 mucho（多的）、poco（少的）一樣，但形容詞有性和數的變化（例如 muchas gracias「很多的感謝」→非常感謝的意思），副詞則會保持 mucho、poco 的形式不變。

副詞 muy（非常）專門用來修飾形容詞或副詞，並且要加在被修飾的詞語前面。

(Yo) estoy muy　cansada. 我非常累（說話者是女性）。

　　　　　（副詞）（形容詞）

副詞 mucho、poco 可以在動詞後面做修飾，表示動詞的「程度多少」。

Trabajas mucho.	Descansas muy　poco.	*副詞 muy 修飾副詞 poco，表示「非常少地」。
（動詞）　（副詞）	（動詞）　（副詞）（副詞）	
你工作得很多（你很忙）。	你休息得非常少（你非常少休息）。	

另外，un poco 則是「有一點」的意思，和 muy 一樣在前面修飾形容詞或副詞。

(Yo) estoy un poco nerviosa. 我有點緊張（說話者是女性）。

單字及對話練習

● 職業與工作場所的名稱

el profesor la profesora 老師	el dependiente la dependienta 店員	el camarero la camarera 服務生	el peluquero la peluquera 髮型師	empleado empleada 職員
la academia 補習班 el colegio 中／小學 la universidad 大學	la tienda 商店 el quiosco 書報攤 el supermercado 超市	la cafetería 咖啡店 el restaurante 餐廳	la peluquería 髮廊	la empresa 公司

el médico la médica 醫師	el enfermero la enfermera 護理師	el farmacéutico la farmacéutica 藥師	el veterinario la veterinaria 獸醫	el policía la policía 警察
el hospital 醫院／la clínica 診所		la farmacia 藥局	la clínica 診所	la comisaría 警局

● 對話練習：你做什麼工作？

　　請利用上面的單字，替換以下對話中有顏色的部分進行練習，也請記得按照說話者的性別使用正確的單字形式。

A: ¡Hola! *Antonio* . ¿Qué tal?

B: ¡Hola! *Ana* . ¿Qué haces ahora?

A: Trabajo en **un hospital** . Soy **enfermera** . ¿Y tú?

B: Yo soy **veterinario** .

A: ¿Y tu *mujer* [marido/novia/novio]? ¿A qué se dedica ahora?

B: *Ella* [él] no tiene trabajo ahora.

A：嗨！*安東尼*。你好嗎？

B：嗨！*安娜*。妳現在做什麼（工作）？

A：我 在一家醫院 工作。我是 護理師。你呢？

B：我是 獸醫。

A：你太太〔丈夫／女朋友／男朋友〕呢？

B：她〔他〕現在沒有工作。

Elisa: ¡Hola! Carlos. ¿Cómo estás?
嗨！卡洛斯。你好嗎？

Carlos: Buenas, Elisa. ¿A qué te dedicas ahora?
嗨，愛麗莎。妳現在做什麼工作？

Elisa: Trabajo de camarera. Es un **puesto a tiempo parcial**.
我在當服務生。這是一份兼職工作。

Carlos: ¿**Estás contenta con** el trabajo?
妳喜歡這份工作嗎？

Elisa: Sí, **el horario** es flexible.
是啊，時間很有彈性。

Carlos: Muy bien.
太好了。

名詞 + a tiempo parcial　兼職的…

　　puesto 是「職位（工作）」的意思。tiempo parcial 字面上的意思是「部分的時間」，也就是英語的「part time」，表示「兼職」的意思；加上介系詞 a，就能修飾前面的名詞。「全職的」則是 a tiempo completo。

estar contento/a con　對…感到滿意

　　contento 是「滿意」的意思，在這裡可以理解為「喜歡」。使用的介系詞 con 和英語的 be satisfied "with" 一樣，核心意義都是「和…一起」。

el horario　時間表

　　表示整體時間的安排，在這裡是指輪班的時間。這個單字也可以表示列車時間表、博物館的固定開放時段等等。

練習題

I. 請將問句和適當的回答連起來。

1. ¿Qué profesión tienes?　　　　　a. Es camarera.

2. ¿Dónde trabaja tu padre?　　　　b. Trabaja en un hospital.

3. ¿Está contento con el trabajo?　　c. Soy profesor.

4. ¿A qué se dedica Luisa?　　　　d. Sí, el horario es flexible.

5. ¿Qué hacen tus padres?　　　　 e. Son médicos.

II. 請使用括號中提示的 -ar 規則動詞，填入正確的動詞形態。

1. Yo _____ (hablar) muy bien español.

2. Nosotros _____ (trabajar) en la cafetería.

3. ¿A qué _____ (dedicarse) usted?

4. ¿Cómo _____ (llamarse) ella?

5. Tú _____ (cantar) muy bien.〔cantar：唱歌〕

III. 請按照中文翻譯的內容，完成以下句子。

1. ¿Qué _____ tu padre? 你爸爸是做什麼的？

2. ¿A qué _____? 您從事什麼職業？

3. ¿Qué _____ tiene David? 大衛的職業是什麼？

4. Ella es _____. 她是護理師。

5. Nicolás está _____. 尼可拉斯現在失業。

IV. 請聽音檔，並且選出符合對話內容的敘述。

🔊 音檔① 🎧 03-501

1. a) Pablo es estudiante.　 b) Pablo es dependiente.

2. a) Pablo habla muy bien español.

　 b) Pablo habla muy bien inglés.

🔊 音檔② 🎧 03-502

3. a) Eva es médica.　 b) Eva es enfermera.

4. a) Antonio trabaja en una cafetería.

　 b) Antonio trabaja en una peluquería.

Estoy enferma.

我生病了。

主題對話① 朋友生病 04-101

David: ¿Estás bien? Tienes mala cara.

Ana: ¡Hola! David. Estoy enferma.

David: ¿Qué te pasa?

Ana: Pues, tengo fiebre y estoy muy cansada.

David: Siempre trabajas mucho y descansas muy poco.

Ana: Es verdad. Estoy agotada.

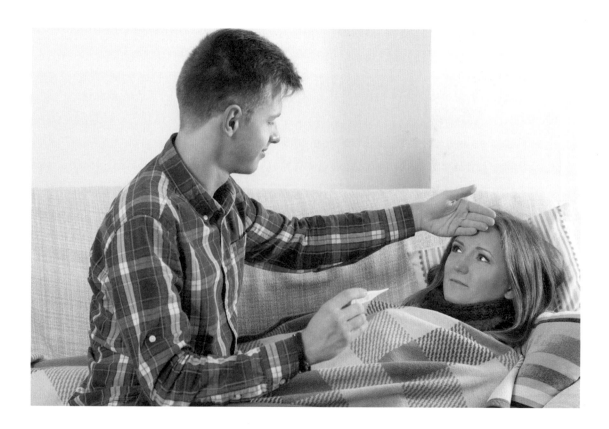

主題對話② 朋友因為面試而緊張 🎧 04-102

Ema:　　¿No comes la pizza? Está deliciosa.

Antonio:　No tengo hambre.

Ema:　　¿Qué te pasa?

Antonio:　Tengo una entrevista esta tarde. Estoy un poco nervioso.

Ema:　　¡Animo y mucha suerte!

Antonio:　Muchas gracias.

📖 **翻譯與詞彙** 🎧 04-103

對話① ▶▶▶

大衛：　　妳還好嗎？妳的臉色不好。
安娜：　　嗨！大衛。我生病了。
大衛：　　妳發生什麼事了？
安娜：　　嗯，我發燒了，而且我覺得很疲憊。
大衛：　　妳總是工作很忙，而且很少休息。
安娜：　　真的。我覺得筋疲力盡。

malo/a 壞的，不好的
la cara 臉
enfermo/a 生病的
¿Qué te pasa? 你發生什麼事了？
la fiebre 發燒
cansado/a 覺得累的
siempre 總是
descansar 休息
Es verdad. （你說的話）是真的。
agotado/a 筋疲力盡的

對話② ▶▶▶

艾瑪：　　你不吃披薩嗎？披薩很美味。
安東尼：我不餓。
艾瑪：　　你發生什麼事了？
安東尼：今天下午我有一場面試。我有點緊張。
艾瑪：　　加油！祝你好運！
安東尼：非常感謝。

comer 吃
la pizza 披薩
delicioso/a 美味的
el hambre 飢餓（陰性名詞，但為了避免單數冠詞 la 和後面重音節的 a 音相連，所以 la 改為 el）
la entrevista 面試
esta tarde 今天下午
nervioso/a 覺得緊張的
¡Ánimo! 加油！
¡Mucha suerte! 祝你好運！

本課文法

1 身體狀況的表達方式：「tener + 名詞」與「estar + 形容詞」

tener（擁有）的動詞變化〔直述式現在，不規則變化〕 04-201

Yo	tengo	我有	Nosotros/as	tenemos	我們有
Tú	tienes	你有	Vosotros/as	tenéis	你們有
Él/Ella/Usted	tiene	他 / 她 / 您有	Ellos/Ellas/Ustedes	tienen	他 / 她 / 您們有

　　本課介紹的動詞 tener，在西班牙語當中是很常用且實用的動詞。**tener 字面上的意思為「擁有」**，這個基本意義和英語 have 及 has 相同。擁有的東西可以是具體的，也可以是抽象的。

　　Elena tiene un coche.　艾蓮娜有一輛車。

　　Tengo una entrevista.　我有一場面試。

　　tener 後面可以接的抽象事物，也包括表示身體狀況的名詞。**「tener + 疾病／身體狀況名詞」就表示「有某種疾病、症狀或狀態」**。雖然中文通常不會說「我『有』發燒」，但在西班牙語中，是以「有」的概念來表達這些身體狀況。 04-202

Tengo fiebre.
我發燒了。
（「我有發燒」）

Tengo hambre.
我餓了。
（「我有飢餓」）

Tengo sueño.
我睏了。
（「我有睡意」）

　　如果表達情緒或疾病的詞語是形容詞，則必須使用「estar + 形容詞」來表達。形容詞字尾要符合主詞的性與數。

Estoy enfermo/a.
我生病了。

Estoy nervioso/a.
我很緊張。

Estoy contento/a.
我很開心。

> **為什麼「我很好」是 estoy bien 而不是 estoy bueno/a？**
>
> 依照上面的說明，似乎應該用形容詞 bueno/a 來表達「很好」的狀態，但實際上使用的 bien 卻是副詞「很好地」。為什麼會這樣呢？事實上，estoy bueno/a 是表示「（食物）好吃」或「（人）很誘人」的意思，而不會表示「身體健康」。estoy bien 則可以把動詞 estar 理解成「存在」的意思，並且用副詞 bien 修飾，表示「好好地存在」，也就是現在整體狀況很不錯的意思。

② 形容詞

西班牙語的形容詞用法，和我們熟悉的華語及英語有三個不同點：**1) 位置不同、2) 詞尾有陰陽性變化、3) 詞尾有單複數變化。**

(1) 位置：形容詞可以放在名詞前方或後方。 04-203

名詞之前：說明性形容詞	名詞之後：限定性形容詞
blanca nieve 白雪 白色的 雪	**una chica guapa 漂亮的女孩** 一個 女孩 漂亮的
名詞前的形容詞只是描述雪的性質。	形容詞放在名詞後方，是將「漂亮的女孩」從「其他女孩」區別出來的意思。

一般的情況下，通常會將形容詞放在名詞後方，但課文中的 mala cara（不好的臉→氣色不好的臉）**並不是要表達「這張臉相對於其他臉而言顯得不好」，只是要說明臉的狀態，所以放在前面。**

2) 詞尾陰陽性變化：西班牙語的部分形容詞，會依照修飾的名詞或主詞的屬性（陰／陽性）而改變詞尾。形容詞的詞尾分類如下： 04-204

-o 結尾的形容詞：修飾陰性名詞時，結尾改為 -a

un libro nuevo 一本新書　una casa nueva 一間新房子

-e 結尾的形容詞：陽性和陰性的形式相同

un coche grande 一輛大車　　una casa grande 一間大房子

-l, -n, -z 結尾的形容詞：陽性和陰性的形式相同

un libro azul 一本藍色的書　　una falda azul 一條藍色的裙子

-or, -ón, -ín 結尾的形容詞：陰性在原本的詞尾之後加 -a

un chico trabajador 一個勤奮的男孩

una chica trabajadora 一個勤奮的女孩

如果是表達國籍、產地…等等的「國籍形容詞」，則分為以下三種詞尾變化：

● 陽性 -o 結尾 → 陰性改為 -a：italiano / italiana 義大利的

● 陽性 -l, -s, -n, -z 結尾 → 陰性在後面加 -a：español / española 西班牙的

● 陽性 -a, -í 結尾 → 陰性不變：belga 比利時的 iraní 伊朗的

3) **詞尾單複數變化**：當修飾的名詞是複數時，形容詞的詞尾要加上 -s 或 -es（和名詞單數變成複數的規則相同）。　🎧 04-205

unos chicos españoles 一些西班牙籍的男孩們

unas chicas españolas 一些西班牙籍的女孩們

③ -er 規則動詞 🎧 04-206

上一課我們看到了 -ar 規則動詞，這一課則是出現了 -er 規則動詞 comer。讓我們再認識幾個 -er 規則動詞：

-er 規則動詞變化（直述式現在時態）

原形	1人稱單數	2人稱單數	3人稱單數	1人稱複數	2人稱複數	3人稱複數
comer	como	comes	come	comemos	coméis	comen

其他 -er 規則動詞的例子：

beber（喝）：bebo, bebes, bebe, bebemos, bebéis, beben

leer（閱讀）：leo, lees, lee, leemos, leéis, leen

vender（賣）：vendo, vende, vendes, vendemos, vendéis, venden

Paula bebe mucho café. 寶拉喝很多咖啡。

No leemos novelas. 我們不讀小說。

單字及對話練習

● 身心狀況的表達方式 04-301

estar + 狀態形容詞	tener + 疾病 / 症狀名詞
estar enfermo/a 生病	tener fiebre 發燒
estar contento/a 開心，高興	tener hambre 餓了
estar deprimido/a 沮喪	tener sed 口渴
estar nervioso/a 緊張	tener sueño 想睡，睏了
estar triste 傷心	tener dolor de cabeza 頭痛
estar feliz 快樂，幸福	tener frío 覺得冷
estar decepcionado/a 失望	tener calor 覺得熱
estar preocupado/a 擔憂	tener tortícolis 落枕

estar + 副詞 bien/mal：（狀態）很好／不好、不舒服

● 對話練習：你生病了嗎？ 04-302

　　請利用上面的單字，替換以下對話中有顏色的部分進行練習，也請記得按照說話者的性別使用正確的單字形式。

A: ¡Hola! **_Antonio_** . ¿Estás bien?

B: Estoy muy **cansado** y tengo **sueño** .

A: ¿Estás enfermo?

B: Creo que sí.

A: Tienes que ir al médico.*

B: Pues, no tengo trabajo **_esta tarde_** [esta noche / mañana] y voy al médico.

A：嗨！*安東尼*。你還好嗎？

B：我覺得很 累 ，而且我很 睏 。

A：你生病了嗎？

B：我想是的。

A：你得去看醫生了。

B：嗯，今天*下午*〔今天晚上／明天〕我沒工作，我會去看醫生。

---

*tener que + 動詞原形：必須⋯（參見第 5 課）
　ir al médico：去看醫生（第一人稱單數是 voy al médico）

Pedro: Tienes mala cara. ¿Estás mal?
妳臉色不太好。妳身體不舒服嗎？

Teresa: No, solo estoy deprimida y triste.
沒有，我只是既沮喪又傷心。

Pedro: ¿Qué te pasa?
妳發生什麼事？

Teresa: **Mi móvil está roto** y **no tengo dinero para comprar otro nuevo**.
我的手機壞了，而且我沒有錢買另一支新的（手機）。

Pedro: Lo siento mucho.
我很遺憾。

mi móvil está roto　我的手機壞了

　　形容詞 roto 的原意是「破碎的」，也可以指電器、3C 產品等等的物品「外型或功能上的損壞」。如果只是運作起來有點怪怪的、不太正常，也可以說 mi móvil no funciona bien（我的手機運作不正常）。

no tengo dinero para comprar otro nuevo　我沒有錢買另一個新的

　　在西班牙語中，只要在動詞前加 no 即可表示否定。para 為介系詞，後接「由原形動詞組成的句子」時，用來表達「目的」，可以理解成中文的「為了」。代名詞 otro/a 表示前面提過名詞的另一個，也就是「另一支手機」的意思。

練習題

I. 請參考中文翻譯的內容，填入一個單字，並請注意字尾的形態。

　1. Tengo _____. 我餓了。

　2. Tengo _____. 我發燒了。

　3. Ana está muy _____. 安娜現在非常沮喪。

　4. Mi padre está muy _____.* 我爸爸現在非常開心。

　5. Las enfermeras están _____. 那些女護理師很緊張。

　　　　　　　*mi padre：我的爸爸（mi madre 我的媽媽、mis padres 我的父母）

II. 下面的句子應該使用 tener 還是 estar？請選用適當的動詞，並寫出正確的形式
　　（直述式現在時態）。

　1. Yo _____ bien.

　2. David _____ sueño.

　3. Mis padres _____ mucho dinero.**

　4. Mi profesor _____ contento.

　5. ¿Tú _____ hambre?

　　　　　　　　　　　　　　　　　　　　　　　**dinero：錢

III. 請使用括號中提示的 -er 規則動詞，填入正確的動詞形態（直述式現在時態）。

　1. Juan y José no _____ (comer) pizza.

　2. Mi padre _____ (beber) mucho.

　3. ¿Tú _____ (leer) novelas?

　4. Yo _____ (vender) coches.

IV. 請聽音檔，並且選出符合對話內容的敘述。

　🔊音檔① 🎧 04-501

　1. a) Antonio está cansado.　b) Antonio está enfermo.

　2. a) Antonio trabaja mucho.　b) Antonio descansa mucho.

　🔊音檔② 🎧 04-502

　3. a) Eva está contenta con el trabajo.

　　 b) Eva no está contenta con el trabajo.

　4. a) El supermercado es nuevo.

　　 b) El supermercado es grande.

¿Dónde está la estación?

車站在哪裡？

主題對話 ① 問路 🎧 05-101

David: Perdona. ¿Dónde está el Museo del Prado?

Ana: Está un poco lejos de aquí. Tienes que coger el metro.

David: ¿Dónde está la estación de metro?

Ana: Está cerca de aquí. Está enfrente del* quiosco.

David: Muchas gracias.

Ana: De nada.

* 「de el」的讀法和寫法會縮減成「del」

主題對話② 詢問住處 🎧 05-102

Antonio: ¡Hola! ¿Qué tal?

Ema: ¡Hola! Antonio. ¡Qué casualidad! ¿Vives cerca de aquí?

Antonio: No, estoy aquí porque tengo una cita con mi novia.

Ema: ¿Dónde vives ahora?

Antonio: Vivo en un piso compartido. El piso está en la calle Zorrilla.

📖 **翻譯與詞彙** 🎧 05-103

對話① ▶▶▶

大衛： 不好意思。（請問）普拉多美術館在哪裡？
安娜： （美術館）離這裡有點遠。你必須搭地鐵。
大衛： 地鐵站在哪裡呢？
安娜： （地鐵站）離這裡很近。在書報攤對面。
大衛： 非常感謝。
安娜： 不客氣。

Perdona. 不好意思。
dónde 哪裡
el Museo del Prado 普拉多美術館
lejos 遠
aquí 這裡
coger 搭乘
el metro 地鐵，捷運
la estación 車站
cerca 近
enfrente de 在…對面
el quiosco 書報攤
De nada. 不客氣。

對話② ▶▶▶

安東尼： 嗨！你好嗎？
艾瑪： 嗨！安東尼。好巧！你住附近嗎？
安東尼： 不是，我在這裡是因為我和我女友有約。
艾瑪： 你現在住在哪裡？
安東尼： 我住在一間分租公寓。公寓就在索利亞街上。

¡Qué casualidad! 真是巧合！
vivir 居住，生活
porque 因為…
tener una cita con 和…有約會
mi 我的
novio/a 男／女朋友
el piso 公寓
compartido/a 共用的，分租的
la calle 街道

本課文法

① -ir 規則動詞 🎧 05-201

本課出現了 -ir 規則動詞 vivir，除了表示「居住」以外，還有「生存、存活」的意思。表示居住地點時，通常搭配介系詞 en 使用，例如 Vivo en Valencia.（我住在瓦倫西亞）。從下表可以發現，**-ir 和 -er 的變化大多相同，只有第一、第二人稱複數是不同的**。讓我們再認識幾個 -ir 規則動詞：

-ir 規則動詞變化（直述式現在時態）

原形	1人稱單數	2人稱單數	3人稱單數	1人稱複數	2人稱複數	3人稱複數
vivir	vivo	vives	vive	vivimos	vivís	viven

其他 **-ir 規則動詞**的例子：

abrir（打開）：abro, abres, abre, abrimos, abrís, abren

escribir（寫）：escribo, escribes, escribe, escribimos, escribís, escriben

discutir（吵架）：discuto, discutes, discute, discutimos, discutís, discuten

David abre la ventana. 大衛打開窗子。

Escribimos novelas. 我們寫小說。

② 方位的表達方式

表達位置時，除了使用 estar（在）、vivir（居住）等表示存在的動詞以外，不可缺少的就是「方位」。方位往往是相對於另一個事物（地標、物體等等）而言的位置，所以可以用下面的句型表達： 🎧 05-202

    A   + 存在動詞 +   方位   + de +   B

El cine   está   a la derecha   de   la plaza mayor. 電影院在主廣場的右邊。

在方位表達方式中，de 是為了能接後面的名詞（B）而加上的介系詞，意思是「…的」，但下表的 en 和 entre 除外，因為它們本身就是介系詞，所以不需要再加上 de，就可以直接接名詞了。

a la derecha (de...) 在右邊	en 在…的範圍裡
a la izquierda (de...) 在左邊	dentro de 在某個封閉空間裡面
al lado (de...) 在旁邊	al final de 在…的盡頭
cerca (de...) 離…近	entre ____ y ____ 在…與…之間
lejos (de...) 離…遠	enfrente (de...) 在對面
delante (de...) 在…前方	encima (de...) 在…上面
detrás (de...) 在…後方	debajo (de...) 在…下面

> *「de」加括號者，表示也可不搭配「de + 名詞」單獨使用

如果不需要說出相對位置（B），則可以省略介系詞 de 和後面的名詞 B。 05-203

A ＋ 存在動詞 ＋ 方位

El cine　está　　a la derecha. 電影院在右邊。

以下這幾個副詞，後面不接名詞，所以只能使用上面的第二個句型。

afuera 在外面	arriba 在上面
atrás 在後面	abajo 在下面

③ 疑問詞 dónde 與疑問句型 🎧 05-204

dónde 的意思是「哪裡」，和之前學過的 qué（什麼）、cómo（如何）都屬於「疑問詞」。疑問詞構成的疑問句，基本句型如下：

（介系詞）＋ 疑問詞 ＋ 動詞 ＋ ...

以直述句為基礎，想要詢問的部分會轉換成疑問詞並移到句首；如果詢問的部分接在介系詞後面，那麼介系詞也會一起移到句首。句子的主要動詞則會移到疑問詞後面。

● 詢問國籍、出生地（問句要說出表示「來自…」的 de）

(tú) eres de［地方名稱］你來自…

問：¿De dónde eres (tú)? 你來自哪裡？

答：(Yo) soy de Madrid. 我來自馬德里。

● 詢問所在位置

el móvil está［位置］手機（現在）在…

問：¿Dónde está el móvil? 手機在哪裡？

答：El móvil está encima de la mesa. 手機在桌子上面。

● 詢問居住位置

(tú) vives［位置］你住在…

問：¿Dónde vives (tú)? 你住在哪裡？

答：(Yo) vivo cerca de aquí. 我住在這附近。

● 詢問工作場所

tu padre trabaja［位置］你的爸爸在…工作

問：¿Dónde trabaja tu padre? 你的爸爸在哪裡工作？

答：(Mi padre) trabaja en una escuela. 我的爸爸在一所學校工作。

4 動詞短語 tener que 🎧 05-205

　　雖然動詞 tener 是「擁有」的意思，但動詞短語「tener que + 動詞原形」卻用來表示「必須…」，意思完全不同。**tener que 表示因為情況所需，或者為了某種目的，而必須採取某個行為，沒有其他選擇。**

Tiene que estudiar más. 他必須更努力學習。
（例如為了通過考試，而必須多讀書）

Tienes que descansar. 你必須休息。
（因為你已經太累了、快生病了，如果不休息就會變得更嚴重）

5 連接詞 porque 🎧 05-206

連接詞 porque（因為）用來連接兩個完整的子句，後面的子句是前面的理由。

　　　　子句 1　　　　porque　　　　子句 2
Estoy agotado porque tengo mucho trabajo. 我筋疲力盡，因為我有很多工作。

單字及對話練習

● 場所名稱　🎧 05-301

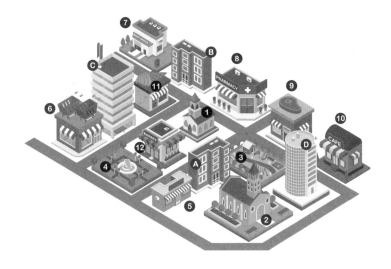

1. la iglesia　教堂
2. la catedral　主教座堂
3. el parque　公園
4. la plaza　廣場
5. el quiosco　書報攤
6. el supermercado　超市
7. la oficina de Correos　郵局
8. la farmacia　藥局
9. la carnicería　肉店
10. la cafetería　咖啡店
11. la heladería　冰淇淋店
12. la panadería　麵包店

● 對話練習：你住在哪裡？　🎧 05-302

　　請選擇圖片中 A、B、C、D 其中一棟公寓，並參考以下對話，試著詢問並回答公寓所在的位置。可以使用的位置表達方式有 al lado de（在…旁邊）、enfrente de（在…對面）、delante de（在…前方）、detrás de（在…後方）、entre A y B（在 A 與 B 之間）等等。

A: ¿Dónde vives ?

B: Vivo en un piso con mi *amigo* [amiga].

A: ¿Dónde está el piso?

B: El piso está **enfrente de** **una panadería** .

A: ¿Dónde está **la panadería** ?

B: Está **delante de** **la iglesia** y **detrás de** **la plaza** .

A: ¿Está el piso **al lado de** **un quiosco** ?

B: Sí, allí está el piso.

A：你住在哪裡？

B：我和我的*男性朋友*〔女性朋友〕住在一間公寓。

A：公寓在哪裡？

B：公寓 在一家麵包店對面 。

A： 那家麵包店 在哪裡？

B： 在教堂前面 ， 在廣場後面 。

A：公寓 在一家書報攤旁邊 嗎？

B：是的，（我住的）公寓就在那裡。

Emilio: ¡Hola! Elisa. ¿Dónde está tu marido?
嗨！愛麗莎。妳的丈夫在哪裡？

Elisa: **Está de viaje de negocios por Francia.** Mañana tiene una reunión en París.
他正在法國出差。明天他在巴黎有一場會議。

Emilio: ¿Vivís en Madrid ahora?
你們現在住在馬德里嗎？

Elisa: No, mi marido y yo compramos **un chalé** en Salamanca.
沒有，我丈夫和我買了在薩拉曼加買了一間別墅。

Emilio: ¡Qué bien! ¿Vivís cerca del centro?
真好！你們住得離市中心近嗎？

Elisa: No, está un poco lejos del centro. Pero está en una zona muy tranquila.
沒有，距離市中心有點遠。但是在一個很安靜的地區。

Está de viaje de negocios por Francia.　他正在法國出差

　　(el) viaje 是名詞「旅行」，estar de viaje de negocios 表示「處在商務旅行的狀態」，也就是「在出差」的意思，後面的介系詞 por 則是表示「在（某個範圍）旅遊或移動」

el chalé　獨棟房屋

　　相對於指涉範圍比較廣的 la casa（房屋），chalé 通常是指獨棟、供單一家庭居住，而且附有庭院的別墅。在拉丁美洲，則有度假用房屋的意味。

練習題

I. 請參考中文翻譯的內容，填入適當的方位表達方式。

1. Los libros están ＿＿＿＿＿＿ de la mesa. 書都在桌子上。

2. El cine está ＿＿＿＿＿＿ de la plaza. 戲院在廣場對面。

3. La peluquería está ＿＿＿＿＿＿ de la comisaría. 髮廊在警局旁邊。

4. Nosotros vivimos ＿＿＿＿＿＿ del centro. 我們住得離市中心很遠。

5. Mis abuelos viven ＿＿＿＿＿＿ de la catedral. 我的祖父母住得離主教座堂很近。

II. 請將問句和適當的回答連起來。

1. ¿Dónde está tu hijo?   a. Está encima de la mesa.

2. ¿Vives cerca de aquí?   b. Estoy en el museo.

3. ¿Dónde vive David?   c. Sí, vivo en la calle Goya.

4. ¿Dónde estás?   d. Él vive en la calle Zorrilla.

5. ¿Dónde está el móvil?   e. Está en el colegio*.

*el colegio：學校

III. 請使用括號中提示的 -ir 規則動詞，填入正確的動詞形態（直述式現在時態）。

1. ¿Dónde ＿＿＿＿＿＿ (vivir) vosotros?

2. La profesora ＿＿＿＿＿＿ (abrir) la ventana.

3. Nosotros ＿＿＿＿＿＿ (escribir) un diario*.

4. María y José ＿＿＿＿＿＿ (discutir) en la calle.

*el diario：日記

IV. 請聽音檔，並且選出符合對話內容的敘述。

🔊 音檔① 🎧 05-501

1. a) El hospital está delante de una plaza.

   b) El hospital está al lado de la catedral.

2. a) La catedral está cerca de aquí.

   b) La catedral está lejos de aquí.

🔊 音檔② 🎧 05-502

3. a) La calle Silva está cerca de aquí.

   b) La calle Silva no está cerca de aquí.

4. a) El piso está entre la cafetería y la farmacia.

   b) La cafetería está entre el piso y la farmacia.

¿Hay comedor en la facultad?

學院裡有餐廳嗎？

主題對話① 了解新學校的設施 🎧 06-101

Ana: ¡Buenas! ¿Sabes dónde está la biblioteca?

Lucas: Está ahí, al lado de la tienda de fotocopias.

Ana: ¿Hay un comedor o una cafetería en la facultad?

Lucas: Sí, hay una cafetería y un comedor en esta planta.

Ana: ¿Qué hay en la primera planta*?

Lucas: Hay unas aulas. Y la secretaría está allí también.

Ana: Ya veo. Muchas gracias.

*西班牙的樓層說法，一樓為 la planta baja（地面層），二樓為 la primera planta（離開地面的第一層）。

主題對話② 補習班的設施 🎧 06-102

La directora: Aquí están las aulas.

Profesor Pablo: ¿Cuántas aulas hay en la academia?

La directora: Hay diez aulas en la academia.

Profesor Pablo: ¿Cuántos alumnos hay en la academia?

La directora: Hay unos setenta y cinco alumnos en nuestra academia.

翻譯與詞彙　🎧 06·103

對話① ▶▶▶

安娜：　　你好！你知道圖書館在哪裡嗎？
盧卡斯：　在那裡，在影印店旁邊。
安娜：　　在學院裡有餐廳或咖啡廳嗎？
盧卡斯：　有，在這層樓有一間咖啡廳和一間餐廳。
安娜：　　二樓有什麼呢？
盧卡斯：　有幾間教室。而且，系辦公室也在那裡。
安娜：　　我明白了。非常感謝。

saber 知道
la biblioteca 圖書館
ahí （離聽者較近的）那裡
la tienda de fotocopias 影印店
hay 有
el comedor 食堂，（家中的）餐廳
la faculdad 學系，學院
esta （este 的陰性）這個…
la planta 樓層
primer(o)/primera 第一的
unos/unas 一些的
la secretaría 系辦公室
allí （遠離說話者和聽者的）那裡
también 也
Ya veo.
我明白了。（表示了解對方的意思）

對話② ▶▶▶

女性主任：　　教室在這裡（這裡是教室）。
巴布羅老師：　補習班裡有幾間教室呢？
女性主任：　　補習班裡有 10 間教室。
巴布羅老師：　補習班有幾個學生呢？
女性主任：　　我們的補習班裡大約有 75 個學生。

el aula / las aulas
教室（雖然是陰性，但單數時因為開頭有重音的 a 會和 la 的音連在一起，所以依照規則，必須將 la 改成 el）
cuánto(s)/cuánta(s) 多少…
la academia 補習班
diez 十
el alumno / la alumna
（註冊上課的）學生
unos/unas 大約…
setenta y cinco 七十五
nuestro/nuestra 我們的…

關於數字的說法，請參見第 9 課。

本課文法

1　動詞 hay 🎧 06-201

hay 的意思是「有」，表示人事物是否存在於某個地方，類似英語的 there is/are，但沒有人稱變化，也就是說，在各種情況下都保持 hay 的形式不變 *。hay 的基本句型如下：

hay + 名詞 + 位置表達方式（參見第 5 課文法說明）

Hay <u>un parque</u> cerca de la iglesia.　教堂附近有一座公園。

No hay <u>estudiante</u> en el aula.　教室裡沒有學生。

（注意：否定時要使用單數名詞）

● **不使用疑問詞的問句「有…嗎？」：直接加問號**

　因為動詞 hay 已經在句首了，所以保持在句首的位置，就能形成問句。

　¿Hay <u>una panadería</u> por aquí cerca?　這附近有麵包店嗎？

● **疑問詞 Qué「有什麼？」：代替上面句型中「名詞」的部分**

　¿<u>Qué</u> hay en el aula?　教室裡有什麼？

　¿<u>Qué</u> hay en el frigorífico?　冰箱裡有什麼？

● **疑問詞 Dónde「哪裡有…？」：代替「位置表達方式」的部分**

　¿Dónde hay <u>un lavabo</u>?　哪裡有洗手間？（公共廁所還有 un servicio / toilet 等說法）

● **疑問詞 Cuánto/a(s)「有多少…？」：修飾「名詞」，並且和名詞一起移到句首**

　¿<u>Cuántas habitaciones</u> hay en el piso?　在公寓裡有幾個房間？

> * 在文法定位上，「有…」是 haber 的無人稱用法，只有第三人稱單數形（也就是 hay），但不知道這一點也沒有關係。

2　疑問詞 cuánto/a(s) 🎧 06-202

所有的疑問詞當中，只有 cuánto/a(s) 會依據後接的名詞做性、數的變動，此時的 cuánto/a(s) 為形容詞。**後面接可數名詞時，要使用複數形 cuántos/cuántas，名詞也要改成複數形。**後面接不可數名詞時，則使用單數形 cuánto/cuánta，例如 cuánto dinero（多少錢）。

¿Cuánto dinero tienes? 你有多少錢？（「錢」是不可數名詞）

Tengo cien euros. 我有一百歐元。

③ 不定冠詞及定冠詞

西班牙的冠詞分為兩種：不定冠詞（el artículo indeterminado / el artículo indefinido）
及定冠詞（el artículo determinado / el artículo definido）。 06-203

不定冠詞

	單數	複數
陽性	**un** libro	**unos** libros
陰性	**una** mesa	**unas** mesas

定冠詞

	單數	複數
陽性	**el** libro	**los** libros
陰性	**la** mesa	**las** mesas

● **不定冠詞的用法** 06-204

(1)「第一次提及、未知」或「不特定或不確定的」人事物

Hay una cafetería en la calle Goya. 有一間咖啡廳在哥雅街。

（咖啡店是第一次提及、未知的）

(2)「增加資訊」或「強調形容詞修飾的人事物特點」時使用

Pablo es profesor. 巴布羅是老師。

Pablo es un profesor <u>amable</u>. 巴布羅是一個親切的老師。

（在名詞 profesor 後方增加形容詞 amable，就必須在名詞前搭配「不定冠詞」）

(3) 表示「一些」或「大約」的意思

Hay unos estudiantes en el aula. 教室裡有一些學生。

Hay <u>unos treinta</u> estudiantes en mi clase. 我的班上大約有 30 個學生。

（「unos/unas + 數字」表示「大約…」）

● 定冠詞的用法 🎧 06-205

(1)「已知、已提及」或是「特定的」人事物

¿Dónde está la biblioteca? 圖書館在哪裡？

（特定的圖書館，不是任意一間圖書館）

Hay una cafetería en la calle Goya. La cafetería está al lado del supermercado.

在哥雅街有一間咖啡館。這間咖啡館在超市旁邊。

（前面已經提過了，所以再次提到時使用定冠詞）

(2) 表達某個人事物的「總體」

Los españoles son amables. 西班牙人都很親切。

（表示西班牙民族）

注意：介系詞 a, de + el，要縮寫成 al 和 del

La cafetería está al lado del supermercado. 這間咖啡館在超市旁邊。

4 「這裡」和「那裡」 🎧 06-206

依據與「說話者」及「聽者」的遠近，可分別用 aquí、ahí、allí 三種不同的地方副詞
來表達。

說話者

aquí

El perro está aquí.
狗在這裡。
（離說話者近）

聽者

ahí

El gato está ahí.
貓在那裡。
（離聽者近）

allí

La mochila está allí.
背包在那裡。
（離兩者皆遠）

單字及對話練習

● 空間中的事物 06-301

el aula 教室

la sala de reuniones 會議室

el baño 浴廁

1. la pizarra 黑板
2. la tiza 粉筆
3. la mesa 桌子
4. la silla 椅子
5. el proyector 投影機
6. la pantalla 螢幕／投影幕
7. el ordenador (el ordenador portátil) 電腦（筆記型電腦）
8. el espejo 鏡子
9. la toalla 毛巾
10. el lavabo 洗臉台
11. el cubo 水桶
12. la fregona [西班牙] / la mopa [通用] 拖把

● 對話練習：有沒有⋯？ 06-302

請選擇上面其中一個場所，參考以下對話，詢問那裡有或沒有的事物。也請注意使用定冠詞、不定冠詞，或者不使用冠詞的情況。

A: ¿Dónde está el aula ?

B: Está al final del pasillo*.

A: ¿Hay una pizarra y unas mesas en el aula ?

B: Sí, hay una pizarra y unas mesas .

A: ¿Hay un proyector allí?

B: No, no hay proyector .

A：教室 在哪裡？
B：在走廊盡頭。
A：在 教室 有 黑板 和 桌子 嗎？
B：有，有 一塊黑板 和 一些桌子 。
A：那裡有 投影機 嗎？
B：沒有，沒有 投影機 。

*el pasillo：走廊

Emilio:　¿Dónde vives ahora?
　　　　　妳現在住在哪裡？

Teresa:　Vivo en un piso **por aquí cerca**. Tengo dos compañeras de piso.
　　　　　我現在住在這附近的一間公寓。我有兩個（女）室友。

Emilio:　¿En qué planta vives?
　　　　　妳住在幾樓？

Teresa:　En la primera planta.
　　　　　（我住在）2 樓。

Emilio:　¿Es un **piso amueblado**?
　　　　　公寓有附家具嗎？

Teresa:　Sí.
　　　　　有。

por aquí cerca　在這附近

　　副詞 aquí「這裡」再加上副詞 cerca「接近」，就表示「這附近」的意思。介系詞 por 則是表示「在某個大概的位置範圍內」。

piso amueblado　附家具的公寓

　　amueblado 是 amueblar（配置家具）的過去分詞，在 piso 後面做修飾，表示「被附上家具的公寓」。另外，名詞 mueble 是「家具」的意思。

練習題

I. 請將問句和適當的回答連起來。

1. ¿Qué hay en el piso?
2. ¿Dónde hay un hospital?
3. ¿Hay una cafetería por aquí cerca?
4. ¿Cuántos alumnos hay?
5. ¿Qué hay en el aula?

a. No, no hay cafetería.
b. Hay 25(veinticinco) alumnos.
c. Hay sillas y mesas.
d. Hay uno en la calle Goya.
e. Hay 3(tres) habitaciones*.

*la habitación：房間

II. 請依照句子的情況，在空格中填入適當的不定冠詞（un, una, unos, unas）。

1. Hay _____ habitaciones* en el piso.
2. Hay _____ 15(quince) chicos en nuestra clase.
3. Paula es _____ profesora española.
4. Ana tiene _____ perro.
5. Hay _____ aulas en la academia.

III. 請依照句子的情況，從選項中選出正確的冠詞形式。

1. _____(Una/La) plaza mayor está lejos de aquí.
2. _____(Unos/Los) alemanes son altos**.
3. Leticia es _____(un/una) chica guapa.
4. Mis abuelos viven _____(al/del) lado de mi casa.
5. El quiosco está cerca _____(al/del) parque.

**alto/alta：高的

IV. 請聽音檔，並且選出符合對話內容的敘述。

◀)) 音檔① 🎧 06-501

1. a. El supermercado está al final de la calle.
   b. El supermercado está al lado de un hospital.
2. a. Hay una farmacia lejos del supermercado.
   b. Hay una farmacia cerca del supermercado.

◀)) 音檔② 🎧 06-502

3. a. Hay un proyector en el aula.
   b. Hay un ordenador en el aula.
4. a. Elisa tiene un ordenador portátil.
   b. Pablo tiene un ordenador portátil.

Ellos son mis padres.

他們是我的爸媽。

主題對話① 家族照片 🎧 07-101

Paula: Esta es la foto de mi familia. Los mayores son mis abuelos.

David: ¿Quiénes son?

Paula: Ellos son mis padres y aquellos son mis tíos.

David: ¿Tienes hermanos?

Paula: Sí, este es mi hermano mayor y esta es mi hermana menor.

主題對話② 談論小孩 🎧 07-102

María: ¡Hola! Ana. ¿Qué tal? Este es David, mi marido.

Ana: ¡Hola! Soy Ana. Encantada.

David: Encantado. ¿Aquel chico es tu hijo? Es muy alto.

Ana: Sí, se llama Miguel. Tiene 5(cinco) años y es travieso. ¿Cómo es vuestro hijo?

María: (Nuestro hijo) se llama Alberto, tiene 4(cuatro) años y es tan travieso como tu hijo, pero Alberto es más bajo que Miguel.

翻譯與詞彙 🎧 07-103

對話① ▶▶▶

寶拉： 這是我家族的照片。年紀最長的是我的祖父母。

大衛： 他們是誰呢？

寶拉： 他們是我的爸媽，而那是我的伯父和伯母。

大衛： 你有兄弟姊妹嗎？

寶拉： 有，這是我的哥哥，而這是我的妹妹。

la foto (la fotografía) 照片

la familia 家庭，家族

mayor
比較年長的（↔ menor 年紀比較小的）

los mayores 年長者

mi 我的…

el abuelo / la abuela
祖父／祖母（合稱為 abuelos）

quién 誰（複數是 quiénes）

ellos/ellas 他們／她們

aquellos/aquellas 那些

el padre / la madre
父親／母親（合稱為 padres）

el tío / la tía
叔父、伯父、舅舅等／阿姨、姑姑、
舅媽等（總稱為 tíos）

el hermano / la hermana
兄弟／姊妹（總稱為 hermanos）

este/esta 這個

對話② ▶▶▶

瑪麗亞： 嗨！安娜。妳好嗎？這是大衛，我的丈夫。

安娜： 嗨！我是安娜。很高興認識你。

大衛： 很高興認識妳。那個男孩是你的兒子嗎？他
的個子很高。

安娜： 是啊，他叫做米格爾。他五歲，而且他很頑
皮。你們的兒子呢？

瑪麗亞： （我們的兒子）叫做阿貝爾多，今年四歲，
他和你兒子一樣頑皮，但是阿貝爾多的個子
比米格爾矮。

aquel/aquella 那個

el chico / la chica 小孩（或年輕人）

tu 你的…

alto/alta 高的

cinco 五

el año 年（歲）

travieso/traviesa 頑皮的

vuestro/vuestra 你們的…

nuestro/nuestra 我們的…

cuatro 四

tan... como~ 和～一樣…

más... que~ 比～更…

bajo/baja 矮的

本課文法

① 疑問詞 quién（誰）🎧 07-201

疑問詞 quién 為代名詞性質的疑問詞，無須搭配名詞一起使用。其用途為詢問、辨識身份，回答時可以說出名字、職業、親屬關係等等。要注意的是，如果詢問的對象是複數，要使用複數形 quiénes。

¿Quién es ella?　　Es Ana. / Es mi madre.

她是誰？　　　　　她是安娜。／她是我媽媽。

¿Quiénes son ellos?　　Son bomberos.

他們（可能有男有女）是誰？　　他們是消防員。

② 所有格形容詞 🎧 07-202

所有格形容詞用於表達某個人、事、物是「歸屬、屬於」誰，相當於英語的 my, your, his, her, our, their 等等。

mi(s) 我的	nuestro/nuestra(s) 我們的
tu(s) 你的	vuestro/vuestra(s) 你們的
su(s) 他 / 她 / 您的	su(s) 他 / 她 / 您們的

以上列出的所有格形容詞與一般形容詞一樣，修飾名詞，但須注意以下三點：

● 只在名詞前做修飾

　　　mi hermano mayor　我的哥哥

所有格形容詞　　　一般形容詞

● 只有「我們」、「你們」要配合名詞的性別變化字尾

mi amigo 我的男性朋友　 mi amiga 我的女性朋友

nuestro amigo 我們的男性朋友

nuestra amiga 我們的女性朋友

● 配合修飾的名詞，使用單數或複數形（加 s）

注意單複數是依照「被修飾的名詞」判斷，而不是看「所有格形容詞的人稱」。

Nuestro profesor es español.　我們的老師是西班牙人。（單數）

Mis profesores son españoles.　我的老師們是西班牙人。（複數）

3 指示形容詞、指示代名詞　🎧 07-203

和所有格形容詞一樣，**指示形容詞只放在名詞前面**。不過，每個指示形容詞都有性別、單複數的變化。指示形容詞的種類，和上一課學到的地方副詞「aquí, ahí, allí」有對應關係，都是依照和說話者與聽者的距離，判斷應該使用哪一種，詳見下表。

	離說話者近 （這個，這些）	離聽者近 （那個，那些）	離兩者皆遠 （那個，那些）
單數	este chico esta chica	ese chico esa chica	aquel chico aquella chica
複數	estos chicos estas chicas	esos chicos esas chicas	aquellos chicos aquellas chicas

Aquellos chicos son mis compañeros.　那些男孩都是我的同學。

Esa chica es mi hermana menor.　那個女孩是我的妹妹。

指示代名詞的形式，和指示形容詞完全相同，差別只在於直接當成代名詞使用，後面不接被修飾的名詞。

Este es mi hermano.　　Esta es mi hermana.

這是我的哥哥／弟弟。　　這是我的姊姊／妹妹。

4 不等比較與同等比較

表示程度較高、較低或相同，各有不同的表達方式。

程度較高	más + 形容詞 / 名詞 (+ que...) 動詞 + más (+ que...) —— más 修飾動詞

程度較低	menos + 形容詞／名詞 (+ que...) 動詞 + menos (+ que...) —— menos 修飾動詞
程度相同	tan + 形容詞 (+ como...) tanto/a(s) + 名詞 (+ como...) 動詞 + tanto (+ como...) —— tanto 修飾動詞

● 形容詞程度的比較　🎧 07-204

Felisa es <u>más guapa</u> que Elisa.　費麗莎比艾莉莎更美。

José es <u>menos guapo</u> que Enrique.　荷西沒有安立奎帥氣。

Luisa es <u>tan guapa</u> como Lucía.　露易莎和露西亞一樣美麗。

● 動詞程度的比較

Felisa <u>habla más</u> que Elisa.　費麗莎比艾莉莎更愛說話。

José <u>come menos</u> que Enrique.　荷西比安立奎吃得少。

Luisa <u>trabaja</u> <u>tanto</u> como Lucía.　露易莎和露西亞一樣工作勤奮。

● 名詞數或量的比較

Yo tengo <u>más/menos libros</u> que Pedro.　我擁有的書比佩德羅多／少。

Yo tengo <u>tantos libros</u> como Pedro.　我擁有和佩德羅一樣多的書。

有些形容詞不是加上 más 表達程度較高，而是使用獨特的比較級形式。　

形容詞	比較級	
grande 大的	mayor 年紀／尺寸較大的	más grande 尺寸較大的
pequeño 小的	menor 年紀較小的	más pequeño 尺寸／年紀較小的
bueno 好的	mejor 比較好的	
malo 壞的	peor 比較差的	

hermano/a mayor 哥哥／姊姊　hermano/a menor 弟弟／妹妹

Antonio es mayor que yo.　安東尼比我年長。

Yo soy menor que Antonio.　我年紀比安東尼小。

Este cuadro es mejor que aquel.　這幅畫比那幅好。

Este libro es peor que aquel.　這本書比那本差。

單字及對話練習

● 更多親屬稱謂 07-301

  1. el suegro / la suegra 岳父、公公／岳母、婆婆

  2. el marido (el esposo) 丈夫

  3. la mujer / la esposa 妻子

  4. el hijo / la hija 兒子／女兒

  5. el nieto / la nieta 孫子／孫女

  6. el sobrino / la sobrina 姪子、外甥／姪女、外甥女

  7. el tío / la tía 叔叔、舅舅、伯伯／阿姨、舅媽、姑姑

  8. el primo / la prima 堂、表兄弟／堂、表姊妹

● 對話練習：介紹親戚 07-302

  請從以下照片選擇一張，參考下面的對話介紹親戚。

表哥・叔叔・阿姨・表妹

我兒子和他的太太・
孫子・孫女

我太太和她的哥哥・
岳母・岳父

我妹妹和她的丈夫・
外甥女・外甥

A: ¿Quién es *el hombre* [la mujer / el chico / la chica] *alto* [bajo/mayor/menor]*?

B: Es mi primo . *A la derecha* de mi primo es mi tío .

A: ¿Quiénes son *las mujeres* [los hombres / los adultos / los chicos]?

B: *La mujer mayor* es mi tía . Está *a la izquierda* de mi prima .

A：那個高個子的（矮的／年紀比較大的／年紀比較小的）男人（女人／男孩／女孩）是誰？

B：這是 我的表哥 。 我的表哥 右邊是 我的叔叔 。

A：那些女人（男人／大人／小孩）是誰？

B：年紀比較大的女人是 我的阿姨 。她在 我的表妹 左邊。

＊如果畫面中只有一個男人／女人／男孩／女孩，就不需要加形容詞

Emilio: ¿Cuántos hermanos tienes?
你有幾個兄弟姊妹？

Teresa: Tengo un hermano mayor y una hermana menor.
我有一個哥哥和一個妹妹。

Emilio: ¿**Está casado** tu hermano mayor?
你哥哥結婚了嗎？

Teresa: Sí, está casado y tiene un hijo. Viven cerca de aquí.
是啊，他結婚了，而且有一個兒子。他們住在附近。

Emilio: ¿Y tu hermana menor?
那你妹妹呢？

Teresa: **Está soltera**, pero tiene novio.
她還未婚，不過她有男朋友。

estar casado　結婚了

　　這裡的 estar 是表示「處於某種狀態」的用法，而 casado/a 是形容詞「結了婚的」。另外，有代動詞（詳見下一課）casarse 是「結婚」的意思。

estar soltera　未婚

　　soltero/a 當形容詞，表示「未婚的」，但也可以當名詞用，el soltero / la soltera 就是「未婚的男人／未婚的女人」。

練習題

I. 以下敘述的親屬關係是什麼人？請在每個空格中填入一個親屬稱謂。

1. La esposa de mi padre es mi _____.

2. El hijo de mi hermano es mi _____.

3. El padre de mi marido es mi _____.

4. El esposo de mi tía es mi _____.

5. La hermana de mi madre es mi _____.

II. 請依照括弧中提示的中文，填入正確的所有格形容詞形式，並請注意字尾變化。

1. _____（他的）hermanas están en la iglesia.

2. _____（我們的）sobrina se llama Ana.

3. ¿Dónde están _____（妳的）hijos?

4. Ella es _____（我的）prima.

5. El marido de Ana es _____（他們的）profesor.

III. 請將以下中文句子翻譯成西班牙文。

1. 我有一個弟弟。 _____

2. 他有一個姊姊。 _____

3. Ana 比 Elisa 高。 _____

4. 我吃得比 Ana 少。 _____

5. 我擁有和 Ana 一樣多的書。 _____

IV. 請聽音檔，並且選出符合對話內容的敘述。

🔊 音檔① 🎧 07-501

1. a) El hombre vive en una casa muy grande.

   b) La mujer vive en una casa muy grande.

2. a) José vive con su hermano.

   b) Alicia vive con su hermano.

*音檔中的單字：
el jardín 花園

🔊 音檔② 🎧 07-502

3. a) El señor Martínez es profesor de inglés.

   b) El señor Martínez es inglés.

4. a) El señor Domínguez es más guapo que el señor Martínez.

   b) El señor Domínguez es más alto que el señor Martínez.

¿Sabes cómo llegar allí?

你知道如何到那裡嗎？

主題對話① 旅遊計畫 🎧 08-101

Enrique: ¿Qué tal si vamos a La Alberca este fin de semana? Es un pueblo cercano.

Elisa: ¡Buena idea! ¿Sabes cómo llegar allí? ¿Y dónde nos alojamos?

Enrique: No conozco muy bien ese pueblo, pero podemos buscar por internet.

Elisa: ¿Sabes dónde podemos alquilar un coche?

Enrique: Sí, conozco un alquiler de coches cerca de aquí.

主題對話② 介紹對方不認識的人 🎧 08-102

Antonio: ¿Conoces a esa mujer?

Linda: Sí, es Emilia, la novia de Enrique.

Antonio: ¿De dónde es?

Linda: Es taiwanesa, pero sabe muy bien español y francés. Enrique y ella son compañeros de oficina.

📖 **翻譯與詞彙** 🎧 08-103

對話① ▶▶▶
安立奎：我們這週末去拉阿貝卡如何？那是附近的一個城鎮。
愛麗莎：好主意！你知道如何到那裡嗎？還有我們要住哪裡？
安立奎：我不太熟悉那個鄉鎮，不過我們可以上網搜尋。
愛麗莎：那你知道我們可以在哪裡租車嗎？
安立奎：嗯，我知道這附近的一家租車行。

¿Qué tal si...?
（如果）…怎麼樣？
el fin de semana 週末
el pueblo 城鎮
cercano/cercana 接近的
¡Buena idea! 好主意！
llegar 抵達
alojarse 短期住宿
conocer 熟悉，認識
poder 能夠
buscar 搜尋
por internet 在網路上
alquilar un coche 租一輛車
el alquiler de coches 租車行

對話② ▶▶▶
安東尼：妳認識那個女人嗎？
琳達： 認識，她是艾蜜莉亞，安立奎的女朋友。
安東尼：她來自哪裡？
琳達： 她是台灣人，但西班牙語和法語程度很好。安立奎
和她是同事。

**el compañero /
la compañera** 同伴，同事
la oficina 辦公室
(el) francés 法語

本課文法

① ¿Qué tal si...? 如果…怎麼樣？ 🎧 08-201

在上一課的進階對話部分，提到「¿Qué tal + 名詞？」可以用來詢問「某個事物怎麼樣」。如果要詢問的事情是用一句話來表達的話，則可以加上 si（如果），形成「條件子句」，就能接在 qué tal 後面，表示「如果…的話，（你覺得）怎麼樣？」。（si 後面所接的子句，使用動詞的直述式）

¿Qué tal si paseamos por el parque?　我們在公園散步怎麼樣？

② 動詞 saber（知道，有知識或能力）、conocer（熟悉，認識）

🎧 08-202

原形	1人稱單數	2人稱單數	3人稱單數	1人稱複數	2人稱複數	3人稱複數
saber	sé	sabes	sabe	sabemos	sabéis	saben
conocer	conozco	conoces	conoce	conocemos	conocéis	conocen

saber 和 conocer 的意義都和「知道」有關，而且第一人稱單數都是不規則變化，但兩者各自使用在不同的情況下。

● **saber + 子句：知道…這件事**

saber 後面可以接連接詞 que 引導的子句，或者疑問詞開頭的子句。

¿Sabes que Enrique tiene una hija?　你知道安立奎有個女兒嗎？
No sé que Enrique tiene una hija.　我不知道安立奎有個女兒。
No sé dónde está la estación.　我不知道車站在哪裡。
A: ¿Sabes cómo usar la cámara?　你知道怎麼用這部相機嗎？
B: Lo siento, no lo sé.　很抱歉，我不知道。

（no lo sé 的 lo 是中性〔無性別〕代名詞，可以用來代表一段敘述內容或抽象的概念〔lo = cómo usar la cámara〕。cómo 後面接原形動詞，表示純粹詢問做某事的方法，跟主詞是誰無關。）

● **saber + 語言：會某種語言**

saber 也可以表示「擁有某方面的知識、能力」。

Alicia sabe muy bien español. 艾莉西亞西班牙語（能力）很好。

Elisa no sabe nada de español. 愛麗莎完全不會／不懂西班牙語。

（nada 是「沒有東西」的意思，在這裡表示「一點也不懂」）

● **conocer + 地點：熟悉、知道某個地方**

María conoce muy bien Tainan. 瑪莉亞很熟台南。

● **conocer + a + 人：認識某人**

conocer 後面接人當受詞的時候，要加上介系詞 a。

¿Conoces a Emilia? 你認識艾蜜莉亞嗎？

③ 動詞 poder 🎧 08-203

poder 的動詞變化（o → ue 不規則變化）

原形	1人稱單數	2人稱單數	3人稱單數	1人稱複數	2人稱複數	3人稱複數
poder	puedo	puedes	puede	podemos	podéis	pueden

poder 後面接原形動詞，表示 1)「能」（因為本身實質條件〔限制〕或目前狀況而有／沒有做某事的能力）或者 2)「可以」（是否可以選擇去做某事），相當於英語的「can」。

No puedo cantar porque estoy resfriado.
因為我感冒了，所以不能唱歌。（表示「能」）

¿Puedes recogerme en el aeropuerto?
你可以（到）機場接我嗎？（表示「可以」）

如果是表達學過而會做某件事，或者懂得如何做某件事，則會用「saber + 原形動詞」表達。saber 表示「具備」某方面的知識和技能。

Mi hermano sabe jugar al fútbol. 我的哥哥／弟弟會踢足球。

④ 動詞 ir 🎧 08-204

ir 的動詞變化（完全不規則變化）

原形	1人稱單數	2人稱單數	3人稱單數	1人稱複數	2人稱複數	3人稱複數
ir	voy	vas	va	vamos	vais	van

動詞 ir 是「去」的意思，以下列舉三種常見的用法。

● **ir + a + 地點 / 活動場合：去…**

如果後面接的是活動場合，則有「去參加」的意味。

Voy a Madrid.　我要去馬德里。

Voy a la fiesta de su cumpleaños.　我要去參加他的生日派對。

● **ir + a + 動詞原形：（不久的將來）即將做某事**

Voy a comprar un diccionario.　我會買一本字典。

Juana va a hacer una fiesta este fin de semana.
胡安娜這個週末會開派對。

● **ir + de + 行為名詞：去從事某項活動（類似英語的 go + Ving）**

ir de compras　去購物　　ir de viaje 去旅行

ir de tapas / ir de copas　去小酌

（tapas〔通常用複數〕是「下酒菜」，copa 是「酒杯」的意思，雖然本身並不是指行為，但搭配 ir de 就形成表示「去喝一杯」的慣用語）

❺ 有代動詞 🎧 08-205

在字典裡，有些動詞的形式是「...se」，例如本課的 alojarse（短期住宿）。因為「有」一個「代名詞」的部分，所以稱為「有代動詞」，而且這個代名詞會隨著主詞的人稱而改變。

原形	1人稱單數	2人稱單數	3人稱單數	1人稱複數	2人稱複數	3人稱複數
alojarse	me alojo	te alojas	se aloja	nos alojamos	os alojáis	se alojan

有時候，有代動詞也表示「對自己…」或「彼此互相…」的意思，類似英語使用反身代名詞的情況。

David se afeita.　大衛刮自己的鬍子。

Ana y Emilia se conocen.　安娜和艾蜜莉亞認識彼此。

單字及對話練習

● 在各種地方可以做的事 08-301

el parque 公園

pasear 散步
hacer pícnic 野餐

el gimnasio 健身房

hacer ejercicio 做運動
hacer aeróbic 跳有氧舞

el centro comercial 購物中心

comprar ropa 買衣服
matar el tiempo 殺時間

la cafetería 咖啡店

tomar café 喝咖啡
desayunar 吃早餐

la biblioteca 圖書館

leer libros 閱讀書籍
estudiar 學習，讀書

el quiosco 書報攤

comprar revistas 買雜誌
comprar tarjetas postales
買明信片

● 對話練習：在哪裡可以…？ 08-302

　　請參考以下對話，試著詢問有什麼地方可以做上面列出的行為，也請注意 saber, conocer 和 poder 的使用情況。

A: ¿Conoces bien este pueblo?

B: Un poco. ¿Por qué?

A: ¿Sabes dónde puedo **hacer pícnic** ?

B: Conozco **un parque** cerca de aquí.
Puedes **hacer pícnic** allí.

A: ¿Y dónde puedo **tomar café** ?

B: No lo sé, pero podemos buscar por internet.

A：你熟悉這個城鎮嗎？

B：一點點。為什麼（問）？

A：你知道我可以在哪裡 野餐 嗎？

B：我知道這附近的 一座公園 。你可以在那裡 野餐 。

A：那我可以在哪裡 喝咖啡 呢？

B：我不知道，但我們可以在網路上搜尋。

Antonio: ¿Qué tal si vamos de camping con Eva y Enrique?
我們和愛娃還有安立奎一起去露營如何？

Teresa: ¡Buena idea! Podemos hacer barbacoa y paella allí.
好主意！我們可以在那裡烤肉，還有做海鮮飯。

Antonio: Pero, ¿Sabes cómo hacer paella?
但是，你知道怎麼做海鮮飯嗎？

Teresa: **Por supuesto.** Además, **voy a hacer sangría y tapas.**
當然。而且，我還會做水果酒和小菜。

Antonio: Muy bien.
太好了。

Por supuesto　當然

對於別人的問題或請求，除了用 Por supuesto. 表示「當然是」、「當然好」以外，也可以說 Claro que sí.，或者只說 Claro. 來表達同樣的意思。

voy a hacer sangría y tapas　我將會做水果酒和小菜

voy 的原形是 ir（去）。ir a 後面可以接原形動詞，表示「將會做⋯」的意思。hacer 除了表示「做某事」，例如 hacer los deberes（做作業）以外，也有「製作」的意思，所以後面可以接各種料理的名稱。

練習題

I. 請依照句子的意思填入 saber、conocer 或 conocerse 的正確動詞形態。

1. A: ¿(Tú) _____ a Juan?   B: Sí, es mi amigo.

2. A: ¿(Tú) _____ cómo llegar allí?   B: No lo _____.

3. A: ¿_____ usted español?   B: Un poco.

4. Pedro _____ muy bien Madrid.

II. 請參考中文翻譯，在空格中填入動詞 ir 和一個介系詞，並請注意使用正確的動詞形態。

1. Nosotros _____ Barcelona. 我們要去巴塞隆納。

2. Ana y Julia _____ copas. 安娜和胡莉亞要去喝一杯。

3. No _____ la fiesta. 我不會去參加派對。

4. Mi madre _____ compras. 我媽媽要去購物。

5. ¿Qué _____ hacer esta tarde? 你今天下午會做什麼？

III. 請用動詞 poder 將以下的中文翻譯成西班牙文。

1. 我們可以在公園野餐。

_____

2. 我可以吃這片披薩嗎？

_____

3. 今天晚上你可以留在我家（quedarse en mi casa）。

_____

IV. 請聽音檔，並且選出符合對話內容的敘述。

🔊 音檔① 🎧 08-501

1. a. El hombre sabe dónde está el centro comercial.

   b. La mujer sabe dónde está el centro comercial.

2. a. La mujer es francesa.

   b. La mujer habla francés.

🔊 音檔② 🎧 08-502

3. a. Lucas es de Inglaterra.

   b. Lucas es de España.

4. a. Lucas tiene unas novias.

   b. Lucas tiene unas amigas.

¿Cuántos años tiene?

他幾歲？

主題對話 ①　奶奶的生日　🎧 09-101

Ana:　　　¿Qué te parece si tomamos un café juntos este domingo?

Antonio:　Este domingo celebramos el cumpleaños de mi abuela.

Ana:　　　¡Qué bien! ¿Cuántos (años) cumple?

Antonio:　Cumple 70(setenta) años. Es mayor, pero viaja mucho con mi abuelo.

Ana:　　　¿Cuántos años tiene tu abuelo?

Antonio:　Tiene 72(setenta y dos) años.

主題對話 ②　公司週年派對　🎧 09-102

Emilia:　Mañana es el quinto aniversario de mi empresa. Vamos a hacer una fiesta.

David: ¡Felicidades! ¿Dónde hacéis la fiesta?

Emilia: En el restaurante italiano "Gustísimo".
Está en el tercer piso del Hotel Melissa.

David: ¿Cuántas personas van a la fiesta?

Emilia: Más de 50(cincuenta). Puedes venir conmigo
si quieres*.

> * 動詞 querer（想要）
> 我 quiero
> 你 quieres
> 他／她 quiere
> 我們 queremos
> 你們 queréis
> 他／她們 quieren

📖 **翻譯與詞彙** 🎧 09-103

對話① ▶▶▶

安娜： 這個星期日我們一起喝個咖啡，你
覺得如何？
安東尼： 這個星期日我們要慶祝奶奶的生日。
安娜： 真好！她（今年）滿幾歲？
安東尼： （今年）她要滿 70 歲了。她年紀大
了，但她（還是）很常和我爺爺一
起旅行。
安娜： 你的爺爺幾歲？
安東尼： 他 72 歲。

qué te parece si... 你覺得…怎麼樣？
tomar 拿取，喝（咖啡）
juntos 一起
el domingo 星期日
celebrar 慶祝
el cumpleaños 生日
cuánto(s) 多少（可數時加 s）
el año 年，歲
cumplir 滿（歲數）
viajar 旅行

對話② ▶▶▶

愛蜜莉： 明天是我公司五週年。我們要辦一
場派對。
大衛： 恭喜！你們在哪裡辦派對？
愛蜜莉： 在「Gustísimo」義式餐廳。餐廳在
Melissa 飯店四樓（離開地面的第三
層）。
大衛： 多少人會去參加派對？
愛蜜莉： 超過 50 人。如果你想要的話，可以
跟我一起來。

mañana 明天
quinto/a 第五的
el aniversario 週年紀念日
la fiesta 派對
el restaurante 餐廳
tercero/a
第三的（但在陽性名詞前是 tercer）
la persona 人
venir 來
conmigo 和我一起
querer 想要

本課文法

① 數字：1-100 的基數（número cardinal） 🎧 09-201

物品的個數、人的歲數，或者單純的號碼，稱為「基數」。基數名稱如下：

0	cero						
1	uno	**11**	once	**21**	veintiuno	**31**	treinta y uno
2	dos	**12**	doce	**22**	veintidós	**32**	treinta y dos
3	tres	**13**	trece	**23**	veintitrés	**33**	treinta y tres
4	cuatro	**14**	catorce	**24**	veinticuatro	**34**	treinta y cuatro
5	cinco	**15**	quince	**25**	veinticinco	**35**	treinta y cinco
6	seis	**16**	dieciséis	**26**	veintiséis	**36**	treinta y seis
7	siete	**17**	diecisiete	**27**	veintisiete	**37**	treinta y siete
8	ocho	**18**	dieciocho	**28**	veintiocho	**38**	treinta y ocho
9	nueve	**19**	diecinueve	**29**	veintinueve	**39**	treinta y nueve
10	diez	**20**	veinte	**30**	treinta	**40**	cuarenta

50	cincuenta	**60**	sesenta	**70**	setenta
80	ochenta	**90**	noventa	**100**	cien

從上面的表格可以觀察到，0-30 的數字都是寫成一個單字，但從 31 到 99，則會以「十的倍數 y 個位數」的形式呈現二位數字。另外也請留意以下事項：

●從 16 到 99，非整數的重音都落在個位數字上

例如 16「dieciSÉIS」、32「treinta y DOS」，重音都落在個位數字上，所以連寫的 16、22、23、26，個位數字都有重音符號（否則重音就會落在十位數上了）。

●1、21、31…91 接在名詞前面時，有陰陽性的差異

大部分的數字沒有形態變化，但帶有「uno」的數字（不包括 11「once」），如果接在名詞前面做修飾的話，則必須配合名詞的性，使用陽性「un」或陰性「una」的形式。

veintiún años 21 歲　　treinta y una sillas 31 張椅子

el décimo piso	第 10 層	11 樓	la décima planta	第 10 層	
el noveno piso	第 9 層	10 樓	la novena planta	第 9 層	
el octavo piso	第 8 層	9 樓	la octava planta	第 8 層	
el séptimo piso	第 7 層	8 樓	la séptima planta	第 7 層	
el sexto piso	第 6 層	7 樓	la sexta planta	第 6 層	
el quinto piso	第 5 層	6 樓	la quinta planta	第 5 層	
el cuarto piso	第 4 層	5 樓	la cuarta planta	第 4 層	
el tercer piso	第 3 層	4 樓	la tercera planta	第 3 層	
el segundo piso	第 2 層	3 樓	la segunda planta	第 2 層	
el primer piso	第 1 層	2 樓	la primera planta	第 1 層	
el piso bajo	地面層	1 樓	la planta baja	地面層	

　　表示順序的序數，基本上是形容詞，並且有陰性、陽性的形式，如上圖所示。特別注意「第一、第三」的陽性形式，原本是 primero, tercero，但在單數陽性名詞前面，必須改為 primer, tercer。

　　在西班牙，樓層的編號和其他歐洲國家一樣，「第一層」不是從地面層開始計算，**而是從離開地面的第一層（也就是我們所說的二樓）開始算。**雖然超過 10 的數字也有序數的說法，但實際生活中很少用，所以直接用基數表達就可以了。

Vivo en el piso quince. 我住在第 15 層。

3 年齡的表達方式 09-203

　　一般情況下，會用 tener ... año(s)（有…歲）來表達歲數。詢問年齡時，除了 cuántos años（多少歲）以外，也可以用 qué edad（什麼年齡）來表達（edad 是表示「年齡」的抽象名詞）。另外，**西班牙人所說的年齡是實歲，也就是說，要等到生日那天才算滿一歲。**

¿Cuántos años tienes? / ¿Qué edad tienes? 你幾歲？

Tengo 31(treinta y un) años. 我 31 歲。

另一個動詞 cumplir（完成）則是表達「滿…歲」，例如在知道某人要過生日的時候，就會用 cumplir 來表達。

¿Cuántos años cumples? 你（這次生日）滿幾歲？

Cumplo 48(cuarenta y ocho) años. 滿 48 歲。

4 動詞 parecer 🎧 09-204

¿Qué te parece si...?（你覺得…怎麼樣？）的句型，是用來詢問別人的意見。parecer 在這裡是「對某人而言似乎…」的意思，事件（si 所帶出的子句）是主詞，所以使用第三人稱單數的 parece。「人」是間接受詞（代名詞形式為 me, te, le, nos, os, les；參見第 11 課），表示對某人而言怎麼樣。

A: ¿Qué te parece si vamos de camping? 你覺得我們去露營怎麼樣？

B: Me parece muy bien. 我覺得很好。

單字及對話練習

● 綜合對話練習 🎧 09-301

　　請參考以下對話，利用到這一課為止曾經學過的表達方式，詢問名字、出生地、年齡和家庭狀況。

A: ¿Cómo te llamas? ¿Y de dónde eres?

B: Me llamo **Antonio** y soy de **España**.

A: ¿Cuántos años tienes?

B: Tengo **22(veintidós)** años.

A: ¿Cuántos hermanos tienes?

A：你叫什麼名字？你來自哪裡？

B：我叫做 安東尼，我來自 西班牙。

A：你幾歲？

B：我 22 歲。

A：你有幾個兄弟姊妹？

B: Tengo **un hermano mayor y una hermana mayor**. Soy _el más pequeño_ [la más pequeña / el mayor / la mayor / el segundo de tres hijos].

B：我有 一個哥哥和一個姊姊 。
我是_最小的兒子_（最小的女兒／最大的兒子／最大的女兒／三個孩子中的老二）。

（如果是兩個人之中比較大或比較小的，表達方式也和括弧中的提示相同。如果是獨生子，可以説 No tengo hermanos. Soy hijo único. / Soy hija única.。）

● 數字練習：有幾個？　 🎧 09-302

A: _¿Cuántos racimos de plátanos_ hay en el supermercado?

A：超市裡有_幾串香蕉_？

B: Hay _8(ocho) racimos de plátanos_ en el supermercado.

B：超市裡有_八串香蕉_。

* 除了單位的一串、香蕉、檸檬以外，其它沒有單位詞的水果都是陰性，需使用 Cuántas 詢問

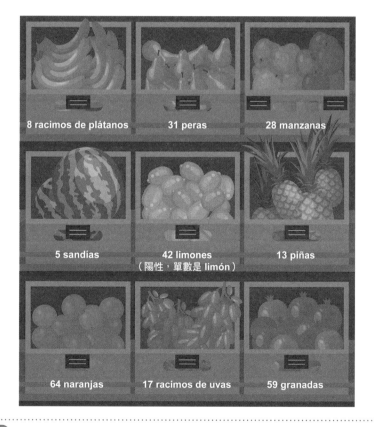

8 racimos de plátanos　31 peras　28 manzanas

5 sandías　42 limones（陽性，單數是 limón）　13 piñas

64 naranjas　17 racimos de uvas　59 granadas

答案： 🎧 09-303

ocho racimos de plátanos 八串香蕉
treinta y una peras 三十一個西洋梨
veintiocho manzanas 二十八個蘋果
cinco sandías 五個西瓜

cuarenta y dos limones 四十二個檸檬
trece piñas 十三個鳳梨
sesenta y cuatro naranjas 六十四個柳橙
diecisiete racimos de uvas 十七串葡萄
cincuenta y nueve granadas 五十九個石榴

Lucas:	¡Hola! Quiero reservar una mesa.
	你好！我想要訂位。
La recepcionista:	**¿Para cuántas personas?**
	您想要幾個人的位子？
Lucas:	Para 5 personas.
	五個人。
La recepcionista:	¿Para cuándo?
	（用餐時間是）什麼時候？
Lucas:	Para mañana por la noche.
	明天晚上。
La recepcionista:	Muy bien. Su apellido y nombre, el número de teléfono móvil, por favor.
	好的。麻煩（給我）您的姓、名及手機電話號碼。
Lucas:	Lucas Gómez. Mi número es **el 693 33 22 10**.
	路卡斯‧戈梅斯。我的號碼是 693 33 22 10。

¿Para cuántas personas?　您想要幾個人的位子？

　　介系詞 para 表示「為了…」，在這裡是詢問「為了幾個人的桌子」。「為了五個人的桌子」就是五個人的座位。

el 693 33 22 10　電話號碼的說法

　　電話號碼的前面會加上冠詞 el，數字則是一個一個以基數的名稱唸出來（1 唸成 uno），但有時也會像音檔一樣，把 10 唸成 diez。另外，問電話號碼的時候，可以說：¿Cuál（原意是「哪個」）es su/tu número de teléfono móvil?。

練習題

I. 請將問句和適當的回答連起來。

1. ¿Qué edad tiene Lucas?

2. ¿Cuántos cumple tu nieto?

3. ¿Cuántos hermanos tiene?

4. ¿Cuántas personas van a la fiesta?

5. ¿En qué piso vives?

a. Cumple 3 años.

b. Tiene 32 años.

c. En el segundo piso.

d. Dos. Son mayores que yo.

e. Más de 40.

II. 在空格中填入數字的正確唸法。

1. Tengo _____(18) años.

2. Hay _____(31) personas.

3. Tenemos _____(26) libros.

4. Son _____(51) euros（歐元）.

5. Voy a comprar _____(12) manzanas.

III. 下面是小明的假期計畫，請依照範例並搭配序數，說出他每天會做的事。

第 1 天	第 2 天	第 3 天	第 4 天	第 5 天
野餐	做運動	讀一本書	學習西班牙語	買衣服

例：**Va a hacer pícnic en el primer día** (de vacaciones).

IV. 請聽音檔，並且選出符合對話內容的敘述或圖片。

 音檔① 🎧 09-501

1. a. Pedro cumple 16 años.

   b. Pedro cumple 26 años.

2. a. Pedro es mayor que su hermana.

   b. Pedro es menor que su hermana.

 音檔② 🎧 09-502

3. a. 13 personas van a la fiesta.

   b. 30 personas van a la fiesta.

4. ¿Dónde van a hacer la fiesta?

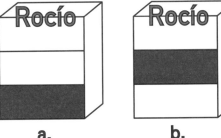

a.　　　　b.

¿Qué fecha es hoy?

今天幾月幾號？

主題對話① 生日計畫 🎧 10-101

Ana: ¿Qué día es hoy?

Antonio: Hoy es sábado.

Ana: ¿Qué fecha es hoy?

Antonio: Es 5 de mayo. ¿Qué pasa?

Ana: Mañana es el cumpleaños de Lucía.

Antonio: Podemos hacer una tarta de chocolate para su cumpleaños.

Ana: ¡Buena idea!

主題對話② 日常作息 🎧 10-102

Antonio: ¿A qué hora te levantas y te duermes?

Alicia: Me levanto a las 7 y media y me duermo a las 10.

Antonio: ¿A qué hora desayunas?

Alicia: Desayuno a las 9 y luego voy al trabajo en metro.

Antonio: ¿Desayunas en casa o en la oficina?

Alicia: Normalmente desayuno en casa.

📖 **翻譯與詞彙** 🎧 10-103

對話① ▶▶▶

安娜：	今天星期幾？
安東尼：	今天星期六。
安娜：	今天幾月幾號？
安東尼：	今天是 5 月 5 日。怎麼了？
安娜：	明天是露西亞的生日。
安東尼：	我們可以為她的生日做一個巧克力蛋糕。
安娜：	好主意！

el día 日子（在這裡指星期幾）
el sábado 星期六
la fecha 日期
(el) mayo 五月
¿Qué pasa? 怎麼了？發生什麼事？
mañana 明天
la tarta 蛋糕
el chocolate 巧克力

對話② ▶▶▶

安東尼：	妳幾點起床、幾點就寢？
艾莉西亞：	我 7 點半起床，10 點就寢。
安東尼：	妳幾點吃早餐？
艾莉西亞：	我 9 點吃早餐，然後搭捷運去上班。
安東尼：	妳在家還是在辦公室吃早餐？
艾莉西亞：	我通常在家吃早餐。

la hora 時刻，小時
levantarse 起床
dormirse 上床睡覺
(la) media 半小時
desayunar 吃早餐
el metro 捷運
normalmente 通常，一般

本課文法

1 時間及時段的表達

單純詢問時間，問答句型如下： 🎧 10-201

¿Qué hora es?　　　　　Son las dos y media.

現在幾點（是什麼時刻）？　　　現在是 2 點半。

首先，我們來看看整點的說法。時刻是以「**陰性冠詞 la(s) + 數字**」來表達。除了 1 點以外，其他都視為複數，所以動詞、冠詞都會改為複數形。

Es la una.　　Son las dos.　　Son las tres.

現在是 1 點。　　現在是 2 點。　　　現在是 3 點。

至於「幾點幾分」，則是「**la(s) 時 y 分**」，單複數是以「時」的數字決定。習慣上，30 分會以 media（一半）表達，15 分以 cuarto（四分之一）表達。

Es la una y veinte. 現在是 1 點 20 分。

Son las diez y media. 現在是 10 點半。

Son las doce y cuarto. 現在是 12 點 15 分。

31-59 分，通常會以「時『減』（menos）分」的方式表達「再過幾分就是幾點」，如下所示。

Es la una menos diez. 現在是「1 點減 10 分」→ 12:50

Son las dos menos cuarto. 現在是「2 點減 15 分」→ 1:45

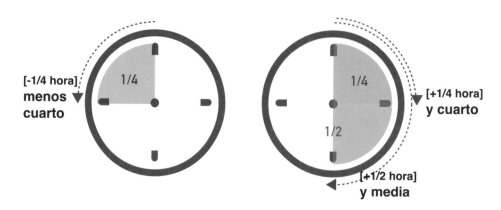

要表達「在幾點」做什麼事，會使用介系詞「a」（在…）。

¿A qué hora te levantas?　你幾點起床？

Me levanto a las seis.　我六點起床。

如果要表示時段，則會使用介系詞「de」（…的）。

Desayuno a las siete de la mañana.　我早上 7 點吃早餐。

Como a las doce del mediodía.　我中午 12 點吃午餐。

la mañana	el mediodía	la tarde	la noche	la madrugada
早上	中午	下午	晚上	凌晨

　　如果只是表達在某個時段，而沒有明確的時刻，則會使用表示大概範圍的介系詞「por」。但中午因為時間比較短，所以會用介系詞 a。

Desayuno por la mañana.　我早上吃早餐。

Como al/a mediodía.　我中午吃午餐。

2　星期及日期的表達

星期及月份的名稱如下（皆為陽性名詞）：

lunes	martes	miércoles	jueves	viernes	sábado	domingo
星期一	星期二	星期三	星期四	星期五	星期六	星期日

enero 一月	**febrero** 二月	**marzo** 三月	**abril** 四月
mayo 五月	**junio** 六月	**julio** 七月	**agosto** 八月
septiembre 九月	**octubre** 十月	**noviembre** 十一月	**diciembre** 十二月

　　西班牙語的日期表達方式，是「**(día) 日期數字 de 月份**」。如果表達的是今天的星期或日期，不加冠詞 el；如果要表達某個日子在星期幾或幾月幾日，則星期或日期要加 el。

　　¿Qué fecha es hoy? 是問「今天的日期是什麼」，也就是問「幾月幾日」。¿Qué día es hoy? 則是問「今天是星期幾」，也可以回答日期。同時表達日期和星期時，**先說星期再說日期**。

A: **¿Qué día** es hoy?　今天是星期幾？／今天（幾月）幾號？

B: (Hoy) es lunes. / (Hoy) es (día) 15. / Hoy es lunes, 15 de mayo.
今天是星期一。／今天是 15 號。／今天是 5 月 15 日星期一。

A: **¿Qué fecha** es hoy?　　B: (Hoy) es (día) 15 de mayo.
今天是幾月幾日？　　　　　　今天是 5 月 15 日。

詢問特定日子或節日在什麼時候，除了 ¿Qué día/fecha es...? 以外，也可以用 ¿Cuándo es...? 來表達。回答時，除了說 Es... 以外，也可以用表示「落在…」的 Cae... 來表達。

A: **¿Cuándo** es tu cumpleaños?　B: Es/Cae el (día) 20 de mayo.
你的生日是什麼時候？　　　　　　　是 5 月 20 日。

A: **¿Cuándo** es el Día de la Madre?　母親節是什麼時候？

B: Es/Cae el domingo, (día) 8 de mayo.　是 5 月 8 日星期日。

❸ 表示日常動作的反身動詞　🎧 10-205

　　一些有代動詞（參考第 8 課）可以理解為「對自己做某件事」或「互相做某件事」，也就是「主詞的動作作用在自己身上」，這些有代動詞也稱為反身動詞（verbo reflexivo）。例如 levantarse（起床）可以想成「自己讓自己起身（levantar）」，despertarse（醒來）可以想成「把自己喚醒（despertar）」。

levantarse　起床　　　　　　　Me levanto a las 7. 我 7 點起床。

despertarse*　醒來　　　　　　Me despierto a las 6 y media. 我 6:30 醒來。

cepillarse los dientes　刷牙　　Me cepillo los dientes. 我刷牙。

afeitarse　刮鬍子　　　　　　　Mi padre se afeita cada mañana. 我爸爸每天早上刮鬍子。

peinarse el pelo　梳頭　　　　　Se peina el pelo antes de salir. 她出門前梳頭。

vestirse*　穿衣服　　　　　　　Mi hijo se viste a las siete. 我兒子 7 點（換）穿衣服。

ducharse　洗澡　　　　　　　　Se ducha después de volver a casa. 她回家後洗澡。

acostarse*　就寢　　　　　　　Mi abuelo se acuesta muy temprano. 我爺爺很早就寢。

***despertarse 不規則變化：**我 me despierto｜你 te despiertas｜他 / 她 / 您 se despierta｜
我們 nos despertamos｜你們 os despertáis｜他 / 她們 / 您們 se despiertan

***vestirse 不規則變化：**我 me visto｜你 te vistes｜他 / 她 / 您 se viste｜我們 nos vestimos｜
你們 os vestís｜他 / 她們 / 您們 se visten

> *acostarse 不規則變化：我 me acuesto ｜你 te acuestas ｜他 / 她 / 您 se acuesta ｜
> 我們 nos acostamos ｜你們 os acostáis ｜他 / 她們 / 您們 se acuestan

單字及對話練習

● 一天之中的作息 10-301

desayunar
吃早餐

comer
吃午餐

cenar
吃晚餐

coger el metro
搭捷運

salir* de casa
出門

llegar a casa
到家

llegar al trabajo
到職場（上班）

ver* la televisión
看電視

> *salir 和 ver，只有第一人稱單數是不規則變化：salir → salgo ｜ver → veo

● 對話練習：你幾點做… 10-302

　　請參考以下對話，試著詢問並回答一天之中的作息時間。除了詢問上表列出的行為以外，也可以使用上一頁「表示日常動作的反身動詞」。

A: ¿A qué hora **te levantas** ?

B: **Me levanto** *a las seis* .

A: ¿A qué hora **desayunas** ?

B: **Desayuno** *a las seis y media* .

A: ¿A qué hora **sales de casa** ?

B: **Salgo** *a las ocho* .

A：你幾點 起床 ？
B：我 *6 點* 起床 。
A：你幾點 吃早餐 ？
B：我 *6 點半* 吃早餐 。
A：你幾點 出門 ？
B：我 *8 點* 出門 。

Lucía: ¿Qué día es hoy?
今天星期幾？

Enrique: Hoy es viernes, día 5.
今天星期五，是 5 號。

Lucía: Mañana es nuestro aniversario. ¿Cómo celebramos?
明天是我們的（結婚）週年紀念日。我們要怎麼慶祝？

Enrique: ¿Qué te parece si cenamos en un restaurante italiano?
你覺得我們在一間義大利餐廳吃晚餐怎麼樣？

Lucía: Pero mañana es sábado. **Es muy difícil hacer la reserva.**
但明天是星期六。訂位很困難。

Enrique: **Voy a llamar para preguntar.**
我來打電話問問。

Es muy difícil hacer la reserva 訂位很困難

　　要表達「做某件事很簡單／困難」的時候，說法是「es fácil/difícil」，並且以原形動詞表達的動作為主詞。習慣上，會把動詞 es 放在句首，並且把原形動詞構成的主詞放在句尾，和英語的不定詞句型「It is very difficult to make a reservation.」類似。

Voy a llamar para preguntar 我來打電話問問

　　介系詞 para 表示「為了…」的意思，後面除了接名詞以外，也可以接原形動詞，也就是「為了做某事」。

I. 下表是 David 自己記錄的作息時間，請回答他在什麼時間做什麼事，並且將數字的唸法寫出來。

6:30 AM	levantarme
6:45 AM	ducharme
7:30 AM	desayunar
12:00 PM	comer
8:15 PM	cenar
11:20 PM	acostarme

例：

Se levanta a las seis y media (de la mañana).

II. 請將以下的對話翻譯成西班牙文，並且將數字的唸法寫出來。

A：今天是星期幾？

B：今天是星期四。

A：今天是幾月幾日？

B：今天是 6 月 26 日。

A：Julia 的生日是什麼時候？

B：是 7 月 14 日星期一。

III. 請依照主詞寫出正確的反身動詞形態。

1. A: ¿A qué hora _____ (levantarse) [tú]?

   B: [Yo] _____ (levantarse) a las 5.

2. David _____ (afeitarse) cada día.

3. Mis padres _____ (acostarse) muy temprano.

4. Mi novio y yo _____ (cepillarse) los dientes en el baño.

IV. 請聽音檔，並且選出符合對話內容的敘述。

🔊 音檔① 🎧 10-501

1. a. Normalmente la mujer desayuna a las 6.

   b. Normalmente la mujer desayuna a las 7.

2. a. La mujer tiene que salir de casa a las 6 y media este viernes.

   a. La mujer tiene que salir de casa a las 7 este viernes.

🔊 音檔② 🎧 10-502

3. a. El cumpleaños de María cae el 8 de agosto.

   b. El cumpleaños de María cae el 9 de agosto.

4. a. La mujer y el hombre van a comprar una tarta hoy.

   b. La mujer y el hombre van a comprar una tarta mañana.

¿Cuánto cuesta?

多少錢？

主題對話① **在市場買東西** 🎧 11-101

El dueño: ¡Hola! ¡Buenas! ¿Qué le pongo*?

Ema:　　¡Hola! ¿Cuánto cuesta un kilo de alubias?

El dueño: €1,50 (un euro con cincuenta) el kilo.

Ema:　　¿A cuánto están las nueces?

El dueño: Están a €3,50 (tres euros con cincuenta) el kilo.

Ema:　　Entonces, póngame 300 (trescientos) gramos de alubias y medio kilo de nueces, por favor.

El dueño: Muy bien. Son €2,20 (dos euros con veinte).

*poner 不規則變化
我 pongo
你 pones
他 / 她 pone
我們 ponemos
你們 ponéis
他 / 她們 ponen

主題對話② 買衣服 🎧 11-102

El dependiente:　¡Buenas! ¿En qué puedo ayudarle?

Ana:　　　　　Quiero probarme este vestido blanco y esa falda roja.

El dependiente:　Aquí está el probador.

Ana:　　　　　Quiero este vestido. ¿Puedo pagar con tarjeta de crédito?

El dependiente:　Sí. Son €19,99 (diecinueve euros con noventa y nueve).

📖 **翻譯與詞彙** 🎧 11-103

對話① ▶▶▶

男老闆：嗨！您好！您需要什麼（我可以提供什麼給您）？

艾瑪：　嗨！一公斤菜豆多少錢？

男老闆：一公斤 1.50 歐元。

艾瑪：　核桃現在時價多少？

男老闆：現在時價一公斤 3.50 歐元

艾瑪：　那麼，請給我 300 克菜豆和半公斤的核桃。

男老闆：好。總共 2.20 歐元。

poner 放置（在這裡是「提供」的意思）
costar （商品）花費…（多少錢）
el kilo 公斤
la alubia
菜豆（菜豆豆莢裡的白色豆子，拉丁美洲則稱為 el frijol，並且有多種顏色）
la nuez 核桃
entonces 那麼…
póngame 請您提供給我…（poner 的第三人稱單數命令式 ponga + me）
el gramo 克
medio/a 一半的

對話② ▶▶▶

男店員：您好！我可以幫您什麼忙呢？

安娜：　我想要試穿這件白色洋裝和那件紅色裙子。

男店員：試衣間在這邊。

安娜：　我想要這件洋裝。我可以用信用卡付款嗎？

男店員：可以。總共是 19,99 歐元。

ayudar 幫助
probarse 試穿…
el vestido 洋裝
blanco/a 白色的
la falda 裙子
rojo/a 紅色的
el probador 試衣間
pagar 付款
con 和…，用…（工具等）
la tarjeta de crédito 信用卡

本課文法

① 100 以上的數字 🎧 11-201

100	cien	**110**	ciento diez
101	ciento uno	**168**	ciento sesenta y ocho

200	doscientos/as	**600**	seiscientos/as
300	trescientos/as	**700**	setecientos/as
400	cuatrocientos/as	**800**	ochocientos/as
500	quinientos/as	**900**	novecientos/as

● 整數 100 為 cien，超過 100 則是「**ciento + 後兩位數**」

100 歐元：cien euros　　101 歐元：ciento un euros

211 歐元：doscientos once euros

● 百位數和後兩位數之間不加連接詞 **y**

246 本書：（○）doscientos cuarenta y seis libros

　　　　　（×）doscientos y cuarenta y seis libros

● 百位數會隨著名詞而有陰陽性變化，但 **cien/ciento** 除外

100 人：cien personas　　101 人：ciento un**a** personas

221 人：doscient**as** veintiun**a** personas

② 價格的表達方式 🎧 11-202

讓我們先了解一下西班牙語的金額表達方式：

€2,50 dos euros con cincuenta　　**€0,70** setenta céntimos

西班牙和南美洲（中美洲除外）都是用逗號表示小數點。以歐元為例，說出金額的時候，是先說有「幾歐元」，然後加上 con，用讀二位數字的方式說出小數點之後的部分。除了未滿一歐元時必須說出 céntimo(s)（一分錢）以外，超過一歐元時很少讀出

céntimo(s)。

有幾個不同的動詞可以用來表達價格，它們都是**以事物為主詞**：

●**ser**（是）：回答時，以金額數字決定使用 **es** 或 **son**

A: ¿Cuánto es? （某個／某些東西）多少錢？

B: Es un euro con cincuenta. / Son 2 euros.　1.50 歐元。／ 2 歐元。

（但在口語中，如果回答的金額不到 2 歐元，也經常省略 ser 動詞。）

用 ser 詢問價格，是在很明顯知道要問什麼東西的情況，或者問要買的東西總價多少的情況，並且**只會說 ¿Cuánto es?，而不會說出物品的名稱**。不管東西是單數或複數，都只會用 es 的形式，因為問句的 es 並沒有實際的主詞，可以理解為「金額是多少」。**回答時，如果金額是複數，則要使用 son**。

●**estar a**（在…價位）：**表示價格波動的商品「時價」多少**

A: ¿A cuánto está la merluza?　鱈魚（時價）是多少錢？

B: Está a €1,99 el kilo.　一公斤 1.99 歐元。

（價格後面直接接單位 el kilo，就表示「每公斤多少錢」）

●**costar***（花費→要價…）／ **valer**（價值…）

A: ¿Cuánto cuesta/vale esta chaqueta?　這件外套要多少錢／價值多少？

B: Cuesta/Vale 90 euros.　要／價值 90 歐元。

*costar 不規則變化：它 cuesta ｜ 它們 cuestan

3　**直接受格與間接受格代名詞**　🎧 11-203

　　受詞是指「接受動詞動作的詞」，分為「直接受詞」與「間接受詞」。例如「我買禮物給安娜」，禮物是直接被買的對象，所以是「直接受詞」；安娜間接受到「買」的行為影響（得到東西），所以是「間接受詞」。

主詞　間接受詞
直接受詞

直接受詞和間接受詞的第三人稱代名詞形式不同。

人稱	直接受格	間接受格	連用時的變化
第一人稱單數	me	me	
第二人稱單數	te	te	
第三人稱單數	lo/la	le	le lo(s) → se lo(s) le la(s) → se la(s)
第一人稱複數	nos	nos	
第二人稱複數	os	os	
第三人稱複數	los/las	les	les lo(s) → se lo(s) les la(s) → se la(s)

[直接受格代名詞]

Esta falda es muy bonita. La compro para Ana.

這件裙子很漂亮。我要買給安娜。

[間接受格代名詞]

相當於「介系詞 + 受詞」。即使已經使用間接受格代名詞,也可以再加上「介系詞 + 受詞」,讓意思更清楚。

Mañana es el cumpleaños de Ana. Le compro un regalo (para Ana).

明天是安娜的生日。我要買禮物給她。(Le = Ana)

課文裡的 ¿En qué puedo ayudarle? 這個句子,也使用間接受格 le,這是因為拉丁語將「幫助」的人物受詞視為間接受詞,而這個習慣也沿續了下來。

● 受格代名詞通常放在動詞前面,但有時候會和動詞連寫。

[原形動詞]:可連寫,或者有動詞短語時,放在動詞短語的前面

Voy a comprarle una camiseta.(= Le voy a comprar una camiseta.)

我會買一件 T 恤給他／她。

[肯定命令式]:

必須連寫,並維持原本的重音位置(ponga → póngame)

Póngame un kilo de patatas. 請(賣)給我一公斤的馬鈴薯。

● 同時使用直接和間接受格代名詞時,「間接受詞」放在「直接受詞」前面。如果兩者都是第三人稱,則間接受詞必須由 le 改為 se。

Mandamos muchas manzanas a Ema. → **Le** las mandamos.(✕)

我們寄送很多蘋果給艾瑪。   → **Se** las mandamos.(○)

單字及對話練習

● 蔬菜價目表 11-301

la cebolla 洋蔥
€1,20/kg

el tomate 番茄
€1,65/kg

la patata 馬鈴薯
€1,15/kg

la zanahoria 胡蘿蔔
€0,75/kg

el calabacín 櫛瓜
€2,00/kg

el pepino 小黃瓜
€1,80/kg

el pimiento rojo 紅椒
€2,95/kg

el pimiento verde 青椒
€2,30/kg

● 對話練習：多少錢？ 11-302

　　請參考以下對話，扮演顧客和老闆，並且詢問及回答價格。也請注意最後用 es/son 回答價格時，是以金額數字決定使用單數或複數形。

A: ¡Hola! ¿Cuánto cuestan **las cebollas** ?

B: (Cuestan) *un euro con veinte el kilo* .

A: ¿A cuánto están **las zanahorias** ?

B: Están a *setenta y cinco céntimos el kilo* .

A: ¿Cuánto vale un kilo de **pimientos verdes** ?

B: (Vale) *dos euros con treinta* .

A: Entonces, póngame un kilo de **cebollas** y un kilo de **zanahorias** , por favor.

B: Muy bien. *Es un euro con noventa y cinco* .

A：你好！ 洋蔥 多少錢？

B：*每公斤 1.20 歐元。*

A： 胡蘿蔔 （現在）多少錢呢？

B：現在每公斤 *0.75 歐元。*

A：一公斤 青椒 多少錢呢？

B：*2.30 歐元。*

A：那麼，請給我一公斤 洋蔥 和一公斤 胡蘿蔔 。

B：好的。*總共是 1.95 歐元。*

Alicia:	¿Tienen blusas?
	您們有女裝上衣嗎？
La dependienta:	**Aquí tiene**, la blusa de color blanco y de color rosa.
	這是您要的，白色和粉紅色的上衣。
Alicia:	Esta blusa de color blanco es mejor. ¿Cuánto cuesta?
	這件白色上衣比較好。這要多少錢？
La dependienta:	Está de oferta. **Son €12,99 con IVA incluido**.
	那個正在特價。含稅價是 12.99 歐元。
Alicia:	Vale, **me lo llevo**. ¿Puedo pagar con tarjeta de crédito?
	好，我買這件。我可以用信用卡付款嗎？
La dependienta:	Por supuesto.
	當然。

Aquí tiene / tienes （您／你要的東西）在這裡

　　Aquí tiene/tienes. 這句話，是別人要某個東西的時候，向他表達「在這裡」的慣用說法，tiene / tienes 的主詞是顧客。

con IVA incluido　含稅

　　IVA（impuesto al valor agregado）是依照商品或服務價格收取的增值稅。incluido 的意思是「被包含的」。

me lo llevo　我買這件

　　字面上的意思是「我把它帶走（而留在我身邊）」，實際上當然不是指不付錢就拿走，而是表示「決定買下來」的慣用說法。

I. 請填入數字的正確唸法。

1. Hay _____(100) alumnos en el aula.

2. Hay más de _____(200) aulas en la universidad.

3. Son _____(500) euros.

4. Hay _____(915) personas aquí.

5. Tengo más de _____(350) libros.

II. 請參考範例，用指定的動詞詢問並回答物品的價格。回答時，請寫出價格的西班牙語唸法。

例	1.	2.	3.
el móvil	el traje	la almohada	las lentejas
手機	全套西裝	枕頭	扁豆
€700	€249	€27,95	€3,49/kg

例：（valer）

¿Cuánto vale el móvil? / Vale setecientos euros.

1. （costar）

2. （ser）

3. （estar a）

III. 以下使用受格代名詞的句子，何者符合文法？

1. a. Póngame un kilo de manzanas.

   b. Me ponga un kilo de manzanas.

2. a. Lo quiero comprar un regalo a Eva.

   b. Le quiero comprar un regalo a Eva.

3. a. Voy a comprarte un café.   b. Voy a te comprar un café.

4. a. ¿Quieres esta chaqueta? Te la compro.

   b. ¿Quieres esta chaqueta? La te compro.

IV. 請聽音檔，並且在空格中填入正確的資訊。金額以數字作答即可。

🔊 音檔① 🎧 11-501

1. Las uvas están a €_____ el kilo, y las naranjas están a €_____ el kilo.

2. El hombre tiene que pagar €_____.

🔊 音檔② 🎧 11-502

3. El hombre va a comprar _____. Vale €_____.

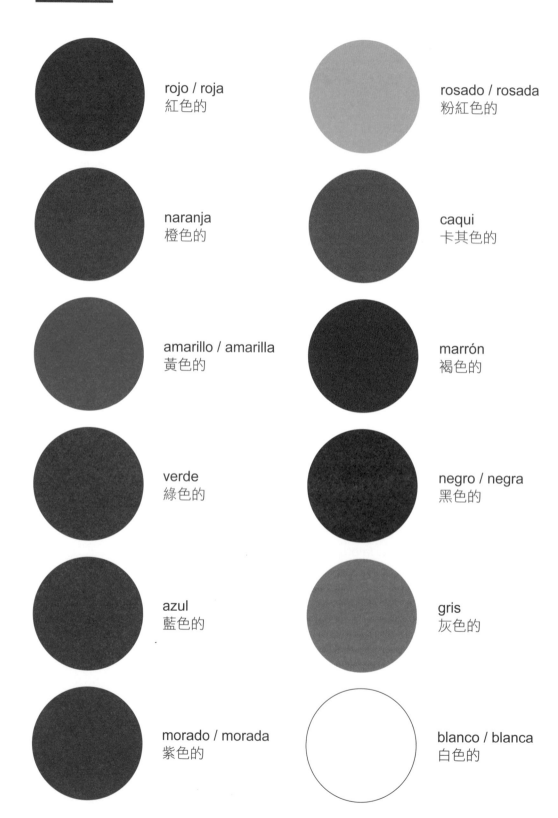

rojo / roja
紅色的

rosado / rosada
粉紅色的

naranja
橙色的

caqui
卡其色的

amarillo / amarilla
黃色的

marrón
褐色的

verde
綠色的

negro / negra
黑色的

azul
藍色的

gris
灰色的

morado / morada
紫色的

blanco / blanca
白色的

各種服裝、配件的名稱 🎧 11-602

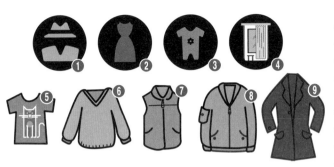

❶ la prenda para caballeros/ hombres	男裝（統稱）
❷ la prenda para mujeres	女裝（統稱）
❸ la prenda para niños	童裝（統稱）
❹ el probador	試衣間
❺ la camiseta	T恤
❻ el jersey	毛衣
❼ el chaleco	背心
❽ la chaqueta	外套
❾ el abrigo	大衣

❶ el blusón	罩衫（長版女性上衣）
❷ el cortavientos	風衣
❸ la chaqueta de plumas	羽絨外套
❹ la camiseta deportiva	運動衫
→la sudadera	長袖運動衫
❺ la camisa	襯衫
❻ el traje	（全套）西裝
❼ la falda	裙子
❽ la blusa	女用上衣

❶ la sudadera con capucha	帽T
❷ el polo / la camisa de polo	POLO衫
❸ el vestido	洋裝
❹ el mono (西) / el overol(中南美)	吊帶褲
❺ los pantalones cortos	短褲
❻ los pantalones	褲子
❼ los vaqueros	牛仔褲
❽ el pijama	睡衣

❶ los accesorios	配件
❷ el sombrero	帽子
❸ la gorra	鴨舌帽
→el gorro	沒有帽沿的帽子（毛帽等）
❹ la bufanda	圍巾
❺ el fular	絲巾
❻ el mantón	披肩
❼ el cinturón	皮帶
❽ la corbata	領帶
❾ los guantes	手套
❿ la pinza (de pelo)	髮夾

Me gustan más los espaguetis.

我比較喜歡義大利麵。

主題對話 ① 喜歡的餐點 🎧 12-101

Leticia: Quiero pedir comida italiana online. ¿Cuál prefieres, la pizza, los macarrones o los espaguetis?

José: Me gustan más los espaguetis. ¿Y a ti?

Leticia: Yo prefiero los macarrones a los espaguetis.

José: ¿Qué te gustan más, los macarrones a la salsa roja o a la crema?

Leticia: Quiero los macarrones a la salsa roja.

José: ¿Quieres pedir una lasaña también?

Leticia: Creo que no.

主題對話② 喜歡的音樂 🎧 12-102

Lucía: ¿Qué música te gusta?

David: Pues, me gustan las baladas. ¿Y a ti?

Lucía: A mí no. Me gusta más la música electrónica.

David: Supongo que te encanta ir a la discoteca, ¿verdad?

Lucía: Sí, porque también me gusta mucho bailar.

📖 翻譯與詞彙 🎧 12-103

對話① ▶▶▶

雷蒂西亞：	我想要線上點義大利料理。你比較喜歡哪個，披薩、通心粉還是義大利麵？
荷西：	我比較喜歡義大利麵。你呢？
雷蒂西亞：	我喜歡通心粉多過於義大利麵。
荷西：	你比較喜歡哪一種，紅醬通心粉還是白醬通心粉？
雷蒂西亞：	我想要紅醬通心粉。
荷西：	你也想要點一份千層麵嗎？
雷蒂西亞：	我覺得不用。

online
在網路上（同英語讀法）（= por internet）
la comida italiana 義大利料理（總稱）
cuál 哪個
preferir 偏好
la pizza 披薩
los macarrones 通心粉（慣用複數）
los espaguetis 義大利麵（慣用複數）
gustar 使…感到喜歡
la salsa roja 紅醬
la crema 鮮奶油（在這裡指奶油白醬）
la lasaña 千層麵
creer 認為

對話② ▶▶▶

露西亞：	你喜歡什麼音樂？
大衛：	嗯，我喜歡抒情歌。妳呢？
露西亞：	我不喜歡（抒情歌）。我比較喜歡電子音樂。
大衛：	我猜你很喜歡去夜店，對嗎？
露西亞：	是啊，因為我也很喜歡跳舞。

la música 音樂
la balada 抒情歌
la música electrónica 電子音樂
suponer 猜想
encantar 使…感到喜愛
la discoteca
（放音樂讓人跳舞的）夜店
bailar 跳舞

本課文法

1 動詞 querer「想要／想要做…」 🎧 12-201

querer 的動詞變化（e → ie 不規則變化）

原形	1人稱單數	2人稱單數	3人稱單數	1人稱複數	2人稱複數	3人稱複數
querer	quiero	quieres	quiere	queremos	queréis	quieren

　　querer 後面可以接名詞或原形動詞。接名詞時，表示「想要某種事物」；接原形動詞時，則是「想要做某件事」的意思。

Quiero un café con leche.
我想要一杯拿鐵咖啡（加牛奶的咖啡）。（想要某種事物）
Quiero ir al cine.
我想去電影院看電影。（想要做某件事）

2 動詞 gustar「使感到喜歡」和其他用法類似的動詞

　　gustar（**使感到喜歡**）和華語的「喜歡」或英語的「like」用法不同，**是「以喜歡的事物為主詞」**，表示「對某人而言，這個事物是討喜的」，所以動詞的形式是依照這個事物的單複數決定的。文法上，**屬於不及物動詞**（不會有直接受詞），「感到喜歡的人」則是以「介系詞 a + 名詞」和「間接受格代名詞」表示。

a + 名詞（可省略）	間接受格	動詞 gustar + 主詞
(a mí)	me	
(a ti)	te	
(a él, ella, usted)	le	gusta + 單數主詞
(a nosotros/as)	nos	gusta + 原形動詞（視為單數）
(a vosotros/as)	os	gustan + 複數主詞
(a ellos, ellas, ustedes)	les	

注意：「我」和「你」接在介系詞後面時，必須改為 mí 和 ti

這種表示「使人感覺如何」的動詞，大多數情況下會將主詞（事物）放在動詞後面，並且一定會用間接受格代名詞表示人。如果只用代名詞不容易區分是指誰，或者只是想強調這個人，則會再加上「a＋名詞」。

※ **粗體部分是主詞** 🎧 12-202

(A mí) me gusta **la paella**. （對我而言）我喜歡西班牙海鮮飯。
(A Elisa) le gustan **mucho las naranjas**. （對艾莉莎而言）她很喜歡柳橙。
(A nosotros) nos gusta **ir al cine**. （對我們而言）我們很喜歡去看電影。

也可以使用比較句型，表示「比較喜歡」。

Me gustan más los calabacines (que los pepinos).
我比較喜歡櫛瓜（勝過小黃瓜）。
（如果對方知道比較的對象是什麼，就不用說出來）

課文中出現的另一個動詞 encantar（使感到很喜愛），表示很強烈的喜歡，相當於 gustar mucho 的意思，所以不會再用 mucho 表示喜歡的程度很高。另外還有一些句型和 gustar 相同的動詞，整理如下。

※ **單字的意義以中文習慣的方式表示** 🎧 12-203

encantar 喜愛	Me encanta aquella película. 我很愛那部電影。 Me encanta hacer yoga. 我愛做瑜伽。
apetecer 想吃／喝 　　　　想做…	Me apetece un café con leche. 我想喝拿鐵咖啡。 ¿Te apetece ir de compras conmigo? 你想要跟我去購物嗎？
interesar 感興趣	Me interesa mucho la serie americana. 我對美劇很有興趣。
cansar 感到疲倦	Me cansa mucho estudiar cada día. 每天讀書讓我好累。

❸ 動詞 preferir 🎧 12-204

preferir 的動詞變化（e → ie 不規則變化）

原形	1人稱單數	2人稱單數	3人稱單數	1人稱複數	2人稱複數	3人稱複數
preferir	prefiero	prefieres	prefiere	preferimos	preferís	prefieren

preferir 的意思是「**偏好，比較喜歡**」，本身就有比較的意味，所以通常用在有幾個比較對象的情況。和 gustar 等動詞不同，**preferir 是以人為主詞**。

A: ¿Cuál prefieres, la tarta de chocolate o la (tarta) de queso?
你比較喜歡哪一個，巧克力蛋糕或乳酪蛋糕？

B: Prefiero la (tarta) de chocolate. 我比較喜歡巧克力蛋糕。

雖然意思和 gustar más 雷同，但 preferir 是用 a 表示比較的對象，而不是用 que。

Prefiero la tarta de chocolate a la (tarta) de queso.

(= Me gusta más la tarta de chocolate que la (tarta) de queso.)
相較於起司蛋糕，我比較喜歡巧克力蛋糕。

---

4 表示「想法」的句型（動詞 + que...） 🎧 12-205

suponer（猜想）、creer（認為）、pensar（想）、opinar（有意見，意見是…）等等表示想法的動詞，後面通常會用一個子句表示所想的內容，而這個子句前面要**加上連接詞 que，將子句名詞化，可以理解為「…這件事」**。

<u>Supongo **que**</u> <u>te gusta la moda</u>. 我猜你喜歡流行時尚。
主要子句　　　　　附屬子句（所想的內容）

Creo **que** la tarta de limón es muy buena. 我認為檸檬蛋糕很好吃。

Pienso **que** a Ana le gusta mucho bailar. 我想安娜很喜歡跳舞。

Opino **que** hacer ejercicio es necesario. 我認為做運動是必要的。

---

*suponer 不規則變化：我 supongo｜你 supones｜他 / 她 / 您 supone｜我們 suponemos｜
你們 suponéis｜他 / 她們 / 您們 suponen
*pensar 不規則變化：我 pienso｜你 piensas｜他 / 她 / 您 piensa｜我們 pensamos｜你們 pensáis｜
他 / 她們 / 您們 piensan

單字及對話練習

● 休閒活動 & 從事活動的理由 12-301

ir de compras
購物

querer comprar una
chaqueta
想買一件外套

ir de viaje
旅行

querer sacar muchas
fotos
想拍很多照片

ir de copas
喝一杯

gustar (a mí) charlar
con amigos
喜歡和朋友聊天

visitar el museo
參觀美術館

gustar (a mí) el arte
喜歡藝術

hacer la compra
採買食材

tener que comprar
verduras
必須買蔬菜

hacer yoga
做瑜伽

querer adelgazar
想要瘦身

ir al cine
去電影院看電影

querer ver una
película nueva
想看新的電影

ir a la montaña
爬山

poder tomar aire
fresco
可以呼吸新鮮空氣

● 對話練習：在哪裡可以…？ 12-302

　　請參考以下對話，試著詢問並回答想要做的事、想做這件事的理由，以及要去哪裡
做這件事。中文的地名或店家名稱，可以直接用中文說出來。

A: ¿A ti te apetece **ir al cine** mañana?

B: Pues, no me apetece.

A: ¿Qué quieres hacer?

B: Prefiero **hacer la compra** porque **tengo que comprar verduras** .

A: ¿Adónde quieres ir, _**Carrefour o Costco**_ ?

B: A mí me gusta más _**Costco**_ porque es más _**grande***_ [agradable/famoso/bonito...].

A：你明天想 去電影院看電影 嗎？

B：嗯，我不想。

A：你想做什麼？

B：我比較想 採買食材 ，因為 我必須買蔬菜 。

A：你想去哪裡，*家樂福還是好市多*？

B：我比較喜歡好市多，因為它比較大〔舒適怡人／有名／漂亮…〕。

---

* **地點的陰陽性**：el centro comercial 購物中心｜el bar 酒吧｜el museo 博物館｜el supermercado 超市｜el hipermercado 量販店｜el gimnasio 健身房｜el cine 電影院｜la montaña 山｜「山」要用陰性形容詞修飾。國家和城市的名稱，通常字尾 -a 是陰性，其他是陽性。

Elisa: Quiero ir al cine esta tarde. ¿A quién le gusta "Spider-Man"?
今天下午我想去看電影。（你們之中）誰喜歡蜘蛛人？

David: A mí no. **No me gustan nada las películas de Marvel.**
我不喜歡。我一點都不喜歡漫威電影。

Julio: ¡A mí sí! **Me molan mucho los héroes de Marvel.**
我喜歡！我很喜歡漫威英雄。

Elisa: Tengo dos entradas. ¿Te apetece ir conmigo?
我有兩張票。你想跟我一起去嗎？

Julio: Sí, vamos, vamos.
好啊，我們一起去吧。

No me gusta(n) nada... 我一點也不喜歡…

　　nada 除了當名詞「沒有什麼」（相當於英語的 nothing）以外，也可以當副詞「一點也不」。習慣上，有否定意味的詞語會和 no 連用。英語會避免這種「雙重否定」的情況，但在西班牙語卻很常見。

Me mola(n)... 我喜歡…

　　動詞 molar 是西班牙本土特有的口語詞彙，意思和 gustar 差不多，都表示「使某人喜歡」。

練習題

I. 請參考範例，用提示的人物和動詞完成句子，並請寫出「介系詞 a + 名詞」的部分。

例：(Yo, gustar) __A mí me gusta__ mucho el café.

1. (David, apetecer) _____ ir al cine esta noche.

2. (Nosotros, encantar) _____ los plátanos.

3. (Ellos, gustar) _____ las novelas.

4. (Tú, interesar) ¿_____ ir a la fiesta?

II. 請從以下提示的動詞／動詞片語中，選擇意義適合的詞語，完成「動詞（片語）＋動詞原形」的句子。每個項目只能使用一次。

querer　　poder　　tener que　　ir a

1. David _____ hablar español porque su padre es de España.

2. (Tú) No _____ comprar el libro para mí. Ya* lo tengo.　　*ya：已經

3. María _____ cumplir 40 años este fin de semana.

4. A: ¿(Tú) _____ hacer yoga conmigo?

   B: Pues, no me interesa.

III. 請依照下面的問題，回答自己的偏好。回答時，請使用和問題相同的動詞，並且把兩個比較對象都說出來。

例：**¿Qué te gustan más, los melones o las piñas?**

回答：**Me gustan más los melones que las piñas. /**

　　　Me gustan más las piñas que los melones.

1. ¿Qué te gusta más, hacer ejercicio o ir de compras?

2. Cuál prefieres, leer o trabajar?

3. ¿Cuál prefieres, la mañana o la noche?

IV. 請聽音檔，並且選出符合對話內容的敘述。

🔊 音檔① 🎧 12-501

1. a. Al hombre no le gustan las tartas.

   b. El hombre no puede comer las tartas.

2. a. El hombre quiere un café con leche.

   b. El hombre quiere un café solo*.　　*café solo：黑咖啡

🔊 音檔② 🎧 12-502

3. a. Al hombre le gusta pasear por el parque.

   b. Al hombre le gusta ir a la montaña.

4. El hombre prefiere ir a Salamanca porque

   a. es más bonita que Sevilla.

   b. está más cerca de aquí que Sevilla.

¿Qué estás haciendo?

你在做什麼？

主題對話① 西班牙旅遊計畫 13-101

Leticia: ¿Qué estás haciendo?

David: Estoy buscando cursos intensivos de español por internet.

Leticia: ¿Para qué? ¿Estás planeando un viaje a España?

David: Sí, llevo un año aprendiendo español. Quiero mucho ir a España este verano.

Leticia: ¡Qué bien! Yo también estoy pensando en un viaje a Europa. Podemos ir juntos.

David: Vamos, vamos.

主題對話② 打電話邀請喝咖啡 🎧 13-102

Lucas: ¡Hola! Ana, ¿qué estás haciendo? ¿Estás ocupada?

Ana: ¡Hola! No estoy ocupada. Estoy viendo la tele sola en casa.

Lucas: ¿Estás sola en casa? ¿Dónde está tu hermano?

Ana: Está jugando al fútbol en la escuela.

Lucas: Oye, ¿te apetece salir a tomar un café conmigo?

Ana: Buena idea.

📖 翻譯與詞彙 🎧 13-103

對話① ▶▶▶

雷蒂西亞： 你在做什麼？

大衛： 我正在網路上搜尋西班牙語的密集課程。

雷蒂西亞： 是為了什麼目的呢？你正在計畫西班牙旅行嗎？

大衛： 是啊，我已經學西班牙語一年了。我很想在今年夏天去西班牙。

雷蒂西亞： 真好！我也正想著去歐洲旅遊。我們可以一起去。

大衛： 嗯，我們一起去吧。

buscar 尋找，搜尋
el curso 課程
intensivo/a 密集的
planear 做計畫
el viaje 旅行
llevar ＋時間＋動副詞
持續…有多久了
aprender 學習
el verano 夏天
pensar en 考慮（某事）
juntos/as 一起

對話② ▶▶▶

路卡斯： 嗨！安娜，妳在做什麼？妳在忙嗎？

安娜： 嗨！我不忙。我正獨自在家看著電視。

路卡斯： 妳一個人在家？妳弟弟在哪裡？

安娜： 他正在學校踢足球。

路卡斯： 嘿，妳想要出門和我喝杯咖啡嗎？

安娜： 好主意。

ocupado/a 忙碌的
ver 看，觀看
la tele(visión) 電視
solo/a 單獨的
jugar al fútbol 踢足球
salir a ＋動詞原形
出門去做某事

本課文法

1 進行式（estar + 動副詞〔gerundio〕）

進行式表示「**正在做某事**」，英語是「be 動詞 + 現在分詞」，西班牙語的表達方式也類似，是「**estar + gerundio（動副詞，或者稱為現在分詞）**」。在進行式中，只有 estar 的動詞變化會反映主詞的人稱與數。 🎧 13-201

主詞	estar	動副詞
Ana	está	estudiando.
Ana y David	están	

安娜正在讀書。／安娜和大衛正在讀書。

● 動副詞是依照動詞原形的字尾（-ar 或 -er/-ir）改變而成，並且不會因為主詞的人稱、數、性別而有差異。 🎧 13-202

-ar → -ando	-er/-ir → -iendo	
trabajar 工作 ↓ trabajando	hacer 做 ↓ haciendo	escribir 寫 ↓ escribiendo

¿Estás trabajando? 你正在工作嗎？

Estamos haciendo yoga. 我們正在做瑜伽。

Estoy escribiendo un artículo. 我正在寫一篇文章。

● 有少數動副詞是不規則變化。 🎧 13-203

例如：

pedir → pidiendo 要求	seguir → siguiendo 持續
reír → riendo 笑	dormir → durmiendo 睡覺

El mendigo está pidiendo dinero en la calle. 那個乞丐正在路上討錢。

Uno de los niños está durmiendo. 那些小孩裡有個男孩在睡覺。

● **-iendo** 接在母音後面，或者動詞是 **ir**（去）的時候，要改為 **-yendo**。

例如：

ir → yendo 去	leer → leyendo 讀

Juana está yendo a la fiesta. 胡安娜正在往派對的路上。

Roberto está leyendo una novela. 羅貝多正在讀一本小説。

● 有代動詞的代名詞部分，可以放在 **estar** 前面，或者和動副詞連寫。連寫時，為了維持原本的重音位置，會在動副詞的部分加上重音記號。

Enrique se está afeitando. / Enrique está afeitándose.
安立奎正在刮鬍子。

2 動副詞的其他用法 🎧 13-205

除了「estar + 動副詞」以外，還有其他方式可以用動副詞表達「正在…」、「做著…」的意味。

● 「**llevar + 時間長度 + 動副詞**」：持續…已經多久了

llevar 的基本意義是「攜帶」，在這個用法中則是引申為「持續多久」的意思。「時間長度」和「動副詞」的部分可以對調。

Llevo 3 años aprendiendo español. /
Llevo aprendiendo español 3 años. 我持續學西班牙語 3 年了。

● 「**動詞片語 (A) + 動副詞片語 (B)**」：做 A 的同時，一邊做著 B

在這個表達方式中，「A」是主要的動作，「B」則是附帶的、同時進行的動作。有時候，這個句型也可以理解成「用 B 的方式做 A」的意思。

Yo leo libros escuchando música. 我閱讀書本的時候會一邊聽音樂。

Elisa va al trabajo andando. 愛麗莎走路上班（去工作）。

3 **juntos/juntas「一起」、solo/sola(s)「獨自」** 🎧 13-206

要表達「在一起」或「獨自」做某事，只要**在動作後面加上** juntos/juntas 或 solo/sola(s) 即可。要注意的是，使用時必須隨著主詞的性、數而改變形態。

Sabrina y Álex están estudiando juntos.　莎賓娜和艾力克斯在一起讀書。

A Ema le gusta estudiar sola.　艾瑪喜歡獨自讀書。

Mis hermanas viven solas.　我的姊妹們都是獨居。（各自獨居，而不是一起住）

juntos	juntas	solo	sola

另外，solo/sola(s) 也可以跟其他形容詞一樣，用 estar 表示「獨處的狀態」。

Jorge está solo ahora.　喬治現在自己一個人。

4 **conmigo、contigo** 🎧 13-207

con 可以具體表示「和誰一起」。要注意的是，**如果是「和我」或「和你」，就必須說成 conmigo 和 contigo**。

Voy a ir de viaje con Tina/ella.　我即將和蒂娜／她去旅行。

¿Quieres ir de compras conmigo?　你想要和我去購物嗎？

Quiero ir de copas contigo.　我想要和你去喝一杯。

單字及對話練習

● 家事 13-301

ordenar el salón
整理客廳

hacer la limpieza
清潔，打掃

barrer el suelo
掃地

pasar la aspiradora
用吸塵器清潔

limpiar las ventanas
清潔窗戶

lavar los platos
洗碗盤

poner la mesa
在餐桌擺好餐具

preparar la comida
準備食物

*其他家事：poner la lavadora 用洗衣機洗衣 | poner la secadora 用乾衣機乾衣 | tender la ropa 晾衣服 |
doblar la ropa 摺衣服 | hacer la cama 整理床鋪 | tirar la basura 丟垃圾 | limpiar el baño 打掃浴廁

● 對話練習：派對前的準備 13-302

　　請參考以下對話，並且用上面提示的家事列表，替換底色標示的部分，說說看為了準備在家開派對而正在做的事，以及要請朋友幫忙做的事。

A: ¿Qué estás haciendo?

B: Estoy **barriendo el suelo** . Voy a hacer una fiesta en casa esta noche.

A: Es difícil preparar la fiesta _solo_ [sola]. ¿En qué puedo ayudarte?

B: ¿Puedes ayudarme para **limpiar las ventanas** ?

A: De acuerdo. ¿Hay algo más?

B: Podemos **preparar la comida** _juntos_ [juntas] después.

A：你在做什麼？

B：我正在 掃地 。我今天晚上要在家開派對。

A：你一個人（妳一個人）準備派對很難。我可以幫忙你什麼？

B：你可以幫我 擦窗戶 嗎？

A：當然。還有什麼嗎？

B：我們之後可以一起（〔全體女性〕一起） 準備食物 。

Elisa: ¿Dónde viven tus hermanos?
你的哥哥姊姊住在哪裡？

Lucas: Mi hermano mayor está trabajando en Madrid, y mi hermana mayor está estudiando en Barcelona.
我哥哥在馬德里工作，而我姊姊在巴塞隆納念書。

Elisa: ¿Qué hace tu hermano mayor?
你哥哥是做什麼的？

Lucas: Es investigador. **Está dedicándose a**l desarrollo de un medicamento nuevo.
他是研究人員。他正在從事一種新藥物的開發。

Elisa: ¿Y tu hermana mayor?
那你姊姊呢？

Lucas: Es estudiante. **Está trabajando en** su tesis doctoral.
她是學生。她正在寫她的博士論文。

dedicarse a 從事…

　　dedicarse 是「投入（工作等）」的意思，後面要用介系詞 a 表示投入什麼事，在這裡是指主要的工作內容。問某人做什麼工作的時候，也可以說 ¿A qué se dedica...?（某人做什麼工作？）。

trabajar en 進行（某項工作）

　　trabajar（工作）是不及物動詞，如果要表達「做什麼」的話，可以加上介系詞 en，表示在某個計畫、案子、任務裡「工作中」，相當於英語的 work on...。

I. 請寫出以下動詞的動副詞形式（皆為規則變化）。

例：escuchar（聽）→ escuchando

1. cantar（唱歌）　　　2. bailar（跳舞）　　　3. fumar（抽菸）

4. correr（跑）　　　　5. vender（賣）　　　　6. discutir（吵架）

II. 請用提示的主詞和動作，寫出進行式的句子。

例：David / hacer yoga → David está haciendo yoga.

1. Ana / estudiar _____

2. los niños / ver la tele _____

3. mis padres / preparar una fiesta _____

4. Pedro y yo / jugar al fútbol _____

5. yo / leer un libro _____

III. 請在句子的空格中填入適當的詞語，表達括弧中提示的中文意思。

例：Juan va al trabajo _____.（和 Juana 一起）→ con Juana

1. Mario quiere cenar _____.（和你一起）

2. Elisa está haciendo la limpieza _____.（和我一起）

3. Paula está paseando por el parque _____.（獨自）

4. A mis padres les gusta ir de viaje _____.（一起）

IV. 請聽音檔，並且選出符合對話內容的敘述。

🔊 音檔① 🎧 13-501

1. a. El hombre no quiere tomar café con ellas.

   b. El hombre no puede tomar café con ellas.

2. El hombre no va a tomar café con ellas porque

   a. está estudiando.

   b. va a cenar en casa.

🔊 音檔② 🎧 13-502

3. a. La mujer está aprendiendo inglés sola.

   b. La mujer está aprendiendo inglés con sus amigos.

4. Al hombre le gusta mucho

   a. aprender inglés en la academia.

   b. ver las películas americanas*.

*americano/a：美國的

¿Has ido a España?

你去過西班牙嗎？

主題對話 ① 西班牙旅遊經驗 14-101

Lucas: Quiero mucho viajar por España. ¿Has ido a España?

Ema: Sí, he ido a España muchas veces.

Lucas: ¿En serio? Nunca me has contado.

Ema: Mis tíos viven en Madrid y los he visitado muchas veces con mi familia.

Lucas: ¿Qué es lo que más te gusta de España?

Ema: Me encantan el ambiente relajado y el paisaje bonito de España.

主題對話② 露營的天氣 🎧 14-102

Lucía:　　　¿Ha llovido esta mañana?

Alejandro:　Sí, ha llovido a cántaros esta madrugada. La calle está mojada todavía. ¿Qué pasa?

Lucía:　　　Quiero ir de camping, pero estoy preocupada. Quizás va a llover más tarde.

Alejandro:　A lo mejor puedes consultar el pronóstico por internet.

📖 **翻譯與詞彙** 🎧 14-103

對話① ▶▶▶

路卡斯：　我很想在西班牙旅遊。妳去過西班牙嗎？

艾瑪：　　有，我去過西班牙很多次。

路卡斯：　真的嗎？妳從來沒跟我說過。

艾瑪：　　我的舅舅和舅媽住在馬德里，而且我和家人拜訪過他們很多次。

路卡斯：　你最喜歡西班牙的是什麼？

艾瑪：　　我喜愛西班牙的輕鬆氛圍和美麗風景。

對話② ▶▶▶

露西亞：　　今天早上下過雨嗎？

亞力山卓：　是啊，凌晨下了很大的雨。路上都還濕濕的。怎麼了？

露西亞：　　我想去露營，但我很擔心。或許晚一點會下雨。

亞力山卓：　或許你可以上網查天氣預報。

(la) vez 一次
¿En serio? （你說的是）認真的嗎？
contar 告訴，述說
visitar 拜訪
el ambiente 環境，氣氛
relajado/a （狀態）放鬆的，輕鬆的
el paisaje 風景
bonito/a 漂亮的

llover 下雨（無主詞，使用第三人稱單數形）
llover a cántaros 下傾盆大雨
la madrugada 凌晨
mojado/a 濕的
todavía 仍然
ir de camping 去露營
preocupado/a 感到擔心的
quizás 或許
tarde 晚（⟷ temprano 早）
a lo mejor 或許
consultar 查閱
el pronóstico 天氣預報

本課文法

1 完成式（haber + p.p.）

完成時態（pretérito perfecto）表示「**在某個時間點，已經做完某件事，或者有做某事的經驗**」。課文中使用的，是一般而言最常用的「現在完成時態」，也就是「現在已經做完某件事」的意思。類似英語的完成式「have + 過去分詞」，西班牙語的完成式是以「**haber + 過去分詞（participio pasado，p.p.）**」來表達，如下表所示。haber 的變化幾乎是完全不規則的，必須一個一個記起來。 🎧 14-201

主詞	haber（現在式）	過去分詞 p.p. …
(Yo)	he	
(Tú)	has	
(Él, Ella, Usted)	ha	comido la paella.
(Nosotros/as)	hemos	
(Vosotros/as)	habéis	
(Ellos, Ellas, Ustedes)	han	

我／你／他，她，您／我們／你們／他們，她們，您們吃過海鮮飯。

● 完成式裡的過去分詞，是依照動詞原形的字尾（-ar 或 -er/-ir）改變而成，並且不會因為主詞的人稱、數、性別而有差異。 🎧 14-202

（但過去分詞當一般形容詞用時，會有性和數的變化，參見文法説明 2）

-ar → -ado	-er/-ir → -ido	
trabajar 工作	**com**er 吃	ir 去
↓	↓	↓
trabajado	**com**ido	ido

He trabajado en Italia. 我在義大利工作過。

Eva no ha comido nada. 艾娃什麼也沒吃。

Hemos ido a Francia. 我們去過法國。

● 有少數過去分詞是不規則變化。 14-203

hacer → hecho 做	ver → visto 看
poner → puesto 放置	escribir → escrito 寫
abrir → abierto 打開	romper → roto 打破

Los niños todavía no han hecho los deberes. 孩子們還沒做作業。

Yo he visto esta película. 我看過這部電影。

¿Has puesto la mesa? 你在桌上擺好餐具了嗎？

Lucas le ha escrito una carta a Ana. 路卡斯寫了一封信給安娜。

● -ido 接在母音後面的時候，要改為 -ído，以免和前面的母音結合成雙母音，並且保持正確的重音位置。 14-204

leer → leído 讀	traer → traído 帶來

¿Habéis leído la novela? 你們讀過這部小說了嗎？

Ella me ha traído un café. 她帶了一杯咖啡給我。

● 表示「經驗」時，經常搭配以下詞語。 14-205

alguna vez 曾經（用於問句）	... vez(veces) …次 muchas/varias veces 多次
nunca 從來沒有	en toda mi vida 在我一生當中（常搭配否定句）

¿Has ido a Alemania <u>alguna vez</u>? 你曾經去過德國嗎？

Yo he ido a Alemania <u>una vez</u> / <u>varias veces</u>. 我去過德國一次／許多次。

<u>En toda mi vida</u>, <u>nunca</u> he ido a Alemania. 我這輩子從來沒去過德國。

● 現在完成式的時間範圍，可以是包含當下、尚未結束的時間段，或者離當下很接近的時間段。 14-206

hoy 今天	esta semana 這週	este fin de semana 這個週末
este mes 這個月	este año 今年	estos 10 años 這十年
este viernes 這個星期五	esta mañana 今天早上	esta tarde 這個下午

Esta mañana hemos desayunado en la cafetería Luisa.
今天早上我們在路易莎咖啡館吃過早餐。

（說話的時間有可能還在早上，或者在今天下午回顧早上發生的事）

② 過去分詞的形容詞用法 🎧 14-207

過去分詞除了配合動詞 haber，構成完成時態以外，也可能**單獨作為「形容詞」使用**，這時候**字尾會有性與數的變化**。這種形容詞有被動的意味，可搭配 ser 或 estar 使用。

la puerta abierta 開著的門　la ventana rota 破掉的窗戶

Estamos relajados/as. 我們很放鬆。

Esta película es la más valorada. 這部影片是（被）評價最好的。

③ lo que...（…的事物） 🎧 14-208

課文中的 lo que más te gusta 表示「你最喜歡（最讓你喜歡）的事物」。因為 lo que... 表達的事物有各種可能性，所以使用**中性人稱代名詞 lo，表示「抽象的觀念、事物，或者不確定是什麼的東西」**。lo 後面接「que + 子句」，是用一個子句說明它是「怎樣的事物」。

[**Lo que** quiero] es estar contigo. 〔我想要的〕是和你在一起。

Quiero hacer [**lo que** es mejor para mi hija].
我想要做〔對我女兒而言最好的事〕。

[**Lo que** más me gusta de España] es la comida.
〔我最喜歡西班牙的（部分）〕是食物。

④ quizás / a lo mejor（也許） 🎧 14-209

quizás 和 a lo mejor 同樣表示「也許」，直接放在一個完整句子的開頭，就可以表達自己的推測。

A lo mejor está en la oficina. 也許他在辦公室。

Quizás está durmiendo. 也許他在睡覺。

單字及對話練習

● 各種地方的戶外活動 14-301

Suiza 瑞士 hay muchas montañas 有許多山	 subir a la montaña 登山	 esquiar 滑雪	 hacer snowboard 單板滑雪
Grecia 希臘 hay muchas playas bonitas 有許多美麗的海灘	 bucear 潛水	 navegar a vela 駕駛帆船航行	 viajar en un crucero 搭遊輪旅行
Irlanda 愛爾蘭 hay muchas granjas 有許多農場	 alimentar a los animales 餵動物	 ordeñar las vacas 擠牛奶	 montar a caballo 騎馬

● 對話練習：在歐洲旅行時做的事 14-302

　　請參考以下對話，並且用上面提示的各國特色與活動列表，說說看曾經在當地做過的事情。

A: ¿Has ido a Europa?

B: Sí, he viajado a Suiza .

A: **Hay muchas montañas en Suiza** . ¿ **Has subido a la montaña** ?

B: Sí. Además, **he esquiado en Suiza** .

A: ¡Qué _**emocionante**_ (estupendo/interesante...)!
¿ **Has hecho snowboard** también?

B: No, pero podemos ir a Suiza algún día y **hacer snowboard** juntos.

A：你去過歐洲嗎？

B：有，我去 瑞士 旅行過。

A： 瑞士有許多山 。 你曾經登山嗎 ？

B：有。而且， 我在瑞士滑過雪 。

A：真刺激（美妙／有趣…）！ 你 也 玩過單板滑雪嗎 ？

B：沒有，但我們某天可以去 瑞士 ，並且一起 玩單板滑雪 。

Ana: Este coche es muy bonito. Quiero comprarlo.
這輛車很好看。我想買。

Lucas: ¿Te has sacado el carnet de conducir?
妳已經取得駕照了嗎？

Ana: **Todavía no.**
還沒。

Lucas: ¿Has ido a la autoescuela?
你已經去駕訓班（上課）了嗎？

Ana: **Me he apuntado a la autoescuela** esta semana.
我這禮拜已經去駕訓班報名了。

Todavía no. 還沒。

　　todavía 是「仍然」的意思，所以 todavía no 是「仍然不」，也就是依然持續著否定的狀態，在這裡是 Todavía no me lo he sacado（〔從以前到現在〕我還沒有取得駕照）的意思。

apuntarse a... 報名參加（活動、課程、學校等等）

　　apuntar 本來是「指向…」的意思，而反身動詞 apuntarse 則是從「將自己指向…」引申出「使自己參加…」，也就是「報名…」的意思。

練習題

I. 請寫出以下動詞的過去分詞形式（皆為規則變化）。

例：**invitar**（邀請）→ **invitado**

1. cenar（吃晚餐）　　2. nadar（游泳）　　3. descansar（休息）

4. beber（喝）　　　　5. comprender（了解）　6. discutir（吵架）

II. 請用提示的主詞和動作，寫出現在完成式的句子。

例：**David / hacer una tarta → David ha hecho una tarta.**

1. yo / ir a Taipei _____

2. mi novia y yo / trabajar aquí _____

3. mis hermanos / cenar en casa _____

4. los estudiantes / leer el libro _____

5. Lucas / escribir un email _____

III. 請選擇適合填入空格的答案。

1. La falda está _____.　　　　　　　(a) rota　　　　(b) rompiendo

2. La mujer está _____.　　　　　　　(a) paseada　　(b) paseando

3. _____ que quiero es una casa.　　　(a) Lo　　　　(b) La

4. La película es muy buena. _____ he visto esta mañana.

　　　　　　　　　　　　　　　　　　　(a) Lo　　　　(b) La

5. Helena no está en casa. _____ tiene clase esta tarde.

　　　　　　　　　　　　　　　　　　　(a) También　　(b) Quizás

IV. 請聽音檔，並且選出符合對話內容的敘述。

🔊 音檔① 🎧 14-501

1. a. El hombre no ha ido a Kenting.　　　* 音檔中的單字
   b. El hombre ha ido a Kenting una vez.　　el mar 海

2. a. El hombre quiere bucear en Kenting.
   b. Al hombre no le interesa bucear.

🔊 音檔② 🎧 14-502

3. a. La mujer ha comprado una chaqueta para el cumpleaños de David.
   b. La mujer ha hecho una fiesta para el cumpleaños de David.

4. El hombre todavía no ha comprado un regalo porque
   a. no conoce a David.
   b. no sabe qué quiere David.

¿Cómo quedamos?

我們怎麼約？

主題對話 ① 相約看電影 🎧 15-101

Antonio: Hoy es viernes. ¿Tienes planes para esta noche?

Ema: No tengo ningún plan. ¿Qué quieres hacer?

Antonio: Pues, es que tengo dos entradas para esta película. ¿Te interesa ir al cine conmigo?

Ema: Sí. ¿Cómo quedamos?

Antonio: ¿Qué tal si quedamos a las 6 en la plaza Mayor?

Ema: De acuerdo. Hasta luego.

主題對話② 婉拒邀約 🎧 15-102

Lucía:　María y yo quedamos esta tarde en mi casa. ¿Por qué no vienes tú también?

David:　¿Sí? ¿A qué hora quedáis?

Lucía:　Quedamos a las cuatro y media.

David:　¡Qué pena! Tengo muchas ganas de ir, pero no puedo salir de la oficina hasta las siete.

Lucía:　No pasa nada. Quedamos otro día.

📖 **翻譯與詞彙** 🎧 15-103

對話① ▶▶▶

安東尼歐：　今天是星期五。今晚妳有計畫嗎？
艾瑪：　　　我沒有任何計畫。你想要做什麼？
安東尼歐：　嗯，因為我有兩張這部電影的門票。你有興趣跟我一起去電影院看電影嗎？
艾瑪：　　　好。我們怎麼約呢？
安東尼歐：　我們約六點在主廣場如何？
艾瑪：　　　OK。待會見。

對話② ▶▶▶

露西亞：　瑪莉亞和我今天下午約在我家。你何不也來呢？
大衛：　　真的嗎？你們約幾點呢？
露西亞：　我們約四點半。
大衛：　　真可惜！我很想去，但我要在辦公室待到七點才能離開（維持不能離開辦公室的狀態，一直到七點為止）。
露西亞：　沒關係。我們改天再約。

no + 動詞 + ningún/ninguna + 名詞
沒有任何…

es que... 是因為，情況是…（用於說明之前某個敘述的背景狀況或理由）

la entrada 入場券，門票

la película 電影

el cine 電影院

quedar 相約（見面）

De acuerdo.
好的，OK（表示同意提議）

Hasta luego. 待會見。

¡Qué pena! 真可惜！

tener ganas de + 原形動詞 想做…

salir de 離開…

hasta 直到…為止

No pasa nada.
沒關係（表示對方不需感到抱歉）

otro/a 其他的

本課文法

① 動詞 quedar（表示相約見面） 🎧 15-201

quedar 是「剩餘，留下」的意思，但除此之外，也用來表達**「相約見面」**的意思，這個用法可以搭配時間的表達方式，以及**「en + 地點」**，表示約定見面的細節。

時間　　　　　　地點

Quedamos <u>a las siete</u> <u>en la parada de autobús</u>. 我們約 7 點在公車站見面。

¿Qué te parece si quedamos a las siete? 我們約在 7 點你覺得怎樣？

¿Qué te parece si quedamos en la parada de autobús?
我們約在公車站你覺得怎樣？

¿A qué hora quedamos? 我們約在幾點？

¿Dónde quedamos? 我們約在哪裡？

¿Cómo quedamos? 我們怎麼約（在哪裡、什麼時候）？

② 提出邀請的方式

對別人提出邀請時，除了直接問「你想做…嗎？」以外，還有其他表達方式。

● **「quieres + 原形動詞」：你想做…嗎？** 🎧 15-202
最基本的邀約句型，除了要做的事以外，也可以加上時間、地點等細節。

¿Quieres hacer la compra hoy? 今天你想要去採買食物嗎？

¿Quieres pasear por el parque? 你想要在公園散步嗎？

¿Qué quieres hacer esta noche? 今天晚上你想要做什麼？

● **「你有空嗎？」「你有時間嗎？」「你有計畫嗎？」** 🎧 15-203
在提出邀請之前，可以先確認對方某個時間是否有空，然後再表明意圖，讓自己的邀約不會顯得太過突然。

1) 先詢問是否有空

A: ¿Estás libre esta tarde?	A: ¿Tienes tiempo esta tarde?	A: ¿Tienes planes para esta tarde?
你今天下午有空嗎？	你今天下午有時間嗎？	你今天下午有計畫嗎？
B: Sí. ¿Por qué?	B: Sí. ¿Por qué?	B: No. ¿Por qué?
有空。為什麼問？	有時間。為什麼問？	沒有。為什麼問？

2) 然後提出邀請

A: Quiero ir al cine esta tarde. ¿Quieres ir conmigo?
　今天下午我想去看電影，你想要跟我去嗎？

B: De acuerdo. 好啊。

● 「你有興趣做…嗎？」：interesar、apetecer

在表示喜好的動詞中，**interesar（使有興趣）和 apetecer（使想要）可以用來表達之後想要做什麼**。使用這兩個動詞，可以詢問對方是否有興趣做某事。也可以加上 no sé si...（我不知道是否…），讓語氣更委婉。

¿Te interesa ir a la exposición de Dalí? 你有興趣去看達利的展覽嗎？

¿Te apetece ir de tapas? 你想去（餐酒館或酒吧）吃點東西嗎？

No sé si te apetece salir esta noche conmigo.
我不知道你是否願意今晚跟我一起出去。

● 「做…怎麼樣？」：¿Qué tal si...?、¿Qué te parece si...?

詢問對方對於做某件事的想法，藉此了解對方的意願。在邀約的情況中，**si 後面接現在簡單式的第一人稱複數形（我們…）**。另外，也可以先敘述要做的事，然後再用 ¿Qué te parece? 詢問。

¿Qué tal si vamos a Taipei este viernes? 這週五我們去台北如何？

¿Qué te parece si vamos de camping este fin de semana? /

Vamos de camping este fin de semana. ¿Qué te parece?
這週末我們去露營，你覺得如何？

● 「何不做…呢？」：¿Por qué no...? 15-206

用否定疑問句「為什麼我們不做…？」，對於可以一起做的事情提出建議，相當於英語的「Why don't we...?」。

¿Por qué no vemos una película esta tarde?
今天下午我們何不看部電影呢？

❸ 同意與拒絕邀約

當別人提出邀約時，可以用以下表達方式來表示同意。 15-207

De acuerdo. 好啊。   ¡Genial! 太棒了！（表示興奮）

Buena idea. 好主意。   Con mucho gusto. 我很樂意。

Me parece bien. 我覺得很好。

拒絕邀約時，應該表明拒絕的原因，也可以適度表達自己的遺憾。以下是幾個例子。 15-208

Tengo ganas de ir, pero no tengo tiempo libre hasta las siete.
我想去，但我一直到 7 點都沒有空閒的時間。

Lo siento, pero no puedo. Tengo que hacer los deberes.
很抱歉，我沒辦法。我必須做學校作業。

Ya tengo cita con un amigo. Lo siento mucho./¡Qué pena!
我已經和一個朋友有約了。很抱歉。／真可惜！

Ahora tengo prisa. Hablamos otro día./Te llamo después.
現在我有急事（必須走了）。我們改天再説。／我之後再打電話給你。

No estoy libre a esta hora. Quedamos otro día.
這個時間我沒有空。我們改天再約。

單字及對話練習

● 白天的活動 15-301

merendar
吃下午茶

nadar en la piscina
在泳池游泳

ir a una exposición
de arte
去看藝術展覽

ir de excursión
去郊遊

● 晚上的活動

jugar a los bolos
打保齡球

ver una obra de
teatro
看舞台劇

ir a la discoteca
去夜店

ir de tapas
去（餐酒館或酒吧）
吃東西

● 對話練習：邀請進行休閒活動 15-302

　　請參考以下對話，並且用上面提示的日間與夜間活動，扮演邀請與受邀者。除了對話中使用的邀約句型以外，也可以用「¿Quieres + 原形動詞 ...?」「¿Te interesa + 原形動詞 ...?」「¿Te apetece + 原形動詞 ...?」等句型來詢問。

A: ¿Tienes planes para mañana por la tarde?

B: Todavía no. ¿Qué quieres hacer?

A: ¿Qué tal si **vamos a una exposición de arte** ?

B: De acuerdo. Es una buena idea.

A: Y luego, ¿por qué no **vemos una obra de teatro** por la noche?

B: Lo siento, pero tengo cita con una amiga (/un amigo) por la noche.

A: No pasa nada. Podemos **ver una obra de teatro** otro día.

A：你明天下午有計畫嗎？

B：還沒有。你想做什麼？

A：我們 去看藝術展覽 怎麼樣？

B：好啊。這是個好主意。

A：然後，我們晚上何不 看舞台劇 呢？

B：抱歉，但我晚上和朋友有約。

A：沒關係。我們可以改天 看舞台劇 。

José: ¿Diga? ¿Está Eva? Soy José Sánchez.

喂?愛娃在嗎?我是荷西・桑切斯。

Eva: ¡Hola, José! ¡Qué sorpresa! ¿Cómo va todo?

嗨,荷西!(接到你的電話)真是驚喜!一切都好嗎?

José: Estoy bien. Oye, he quedado con unos compañeros en la cafetería "Café di Roma". **¿Te gustaría venir?**

我很好。嘿,我約了幾個同學在羅馬咖啡廳見面。妳想來嗎?

Eva: Por supuesto. Pero, no sé dónde está esa cafetería. ¿Puedes darme la dirección?

當然好。但是,我不知道那家咖啡館在哪裡。你可以給我地址嗎?

José: ¿Qué te parece si te **recojo** a las once en tu casa?*

我 11 點到妳家接妳如何?

Eva: Muchas gracias. Hasta luego.

非常謝謝你。待會見。

---

* 也可以說 ...si paso por casa a recogerte a las once?

¿Te gustaría venir? 你想來嗎?

　　如果要用動詞 gustar 來問別人是否想做某件事,不能用現在簡單式 ¿Te gusta...? 來問,因為這是「你(平常、一般而言)喜歡做某件事嗎?」的意思。正確的表達方式是使用「條件式」¿Te gustaría...?,表示假設的意味「你會喜歡…嗎?」→「你想要…嗎?」。

recoger (用交通工具)接(某人)

　　recoger 原本是「撿,拾起」的意思,但如果以人作為受詞,就表示好像把人「撿起來」一樣,從某個地方接走。因為拼字與發音規則的關係,第一人稱單數要改為 recojo,而不是 recogo。

練習題

I. 請在以下表示邀請的句子中，填入適當的動詞（皆使用第二人稱單數形）。

querer   tener   estar

1. ¿＿＿＿＿＿＿＿ ir de excursión?

2. ¿＿＿＿＿＿＿＿ planes para este fin de semana?

3. ¿＿＿＿＿＿＿＿ libre para pasear?

4. ¿＿＿＿＿＿＿＿ tiempo libre esta noche?

II. 請用以下句型寫出邀請的句子，並請使用正確的動詞形態。

1. ¿Te interesa ＿＿＿＿＿＿＿＿＿＿＿＿＿＿＿＿＿＿＿＿＿＿ （去露營）？

2. ¿Te apetece ＿＿＿＿＿＿＿＿＿＿＿＿＿＿＿＿＿＿＿＿＿ （和我吃晚餐）？

3. ¿Qué te parece si ＿＿＿＿＿＿＿＿＿＿＿＿＿＿＿＿ （我們去電影院）？

4. ¿Qué tal si ＿＿＿＿＿＿＿＿＿＿＿＿＿＿＿＿＿ （我們約在 12 點見面）？

III. 請依照中文翻譯的內容，完成以下對話。

A: ¿＿＿＿＿＿＿＿＿＿＿＿ esta noche? 今晚你有空嗎？

B: Sí. ¿Qué quieres hacer? 有空。你想要做什麼？

A: ¿＿＿＿＿＿＿＿＿＿＿＿＿＿＿＿＿＿＿＿＿＿＿？

　　你有興趣和我去電影院（看電影）嗎？

B: Buena idea. ¿＿＿＿＿＿＿＿＿＿＿＿＿? 好主意。我們約在哪裡？

A: ¿Qué tal si ＿＿＿＿＿＿＿＿＿＿＿＿＿＿＿＿＿＿＿？

　　我們約在捷運站如何？

B: De acuerdo. 好啊。

IV. 請聽音檔，並選出符合對話內容的敘述，或者在空格中寫下適當的答案。

🔊 音檔　🎧 15-501

1. a. Ellos van al cine el sábado.

　　b. Ellos van a la exposición el sábado.

2. Ellos quedan a las ＿＿＿＿＿＿.

3. La mujer quiere quedar a otra hora porque ＿＿＿＿＿＿＿＿＿＿＿＿＿＿＿＿＿

　　los fines de semana.

4. Ellos quedan en ＿＿＿＿＿＿＿＿＿＿＿＿＿＿＿＿＿＿＿＿＿＿.

¿Qué tiempo hace?

天氣怎麼樣？

主題對話① 遠方的天氣 🎧 16-101

Leticia: ¿Qué tiempo hace en Argentina?

José: Hoy hace buen* tiempo.

Leticia: ¿Qué temperatura hace?

> * bueno/malo 在陽性單數名詞前改為 buen/mal。

José: La temperatura es de 13 grados aproximadamente. ¿Cómo está el clima en Taipei?

Leticia: El clima es húmedo, porque está lloviendo estos días.

José: No me gustan los días lluviosos.

Leticia: A mí (no me gustan) tampoco. Prefiero los días soleados.

主題對話② 冬天的天氣 🎧 16-102

Lucía: ¿Qué tal el clima en tu ciudad?

Pedro: Hoy hace mucho frío y la temperatura es muy baja.

Lucía: ¿Hay nieve?

Pedro: Sí, ha nevado mucho esta semana.

Lucía: Me encanta la nieve, porque me gusta hacer muñecos de nieve.

Pedro: A mí no me gusta mucho el invierno, porque a veces hay granizo.

📖 翻譯與詞彙 🎧 16-103

對話① ▶▶▶

雷蒂西亞： 阿根廷天氣如何？
荷西： 今天天氣很好。
雷蒂西亞： 今天氣溫如何？
荷西： 氣溫大約是 13 度左右。台北氣候如何？
雷蒂西亞： （現在）氣候（很潮濕），因為這幾天一直
在下雨。
荷西： 我不喜歡下雨天。
雷蒂西亞： 我也不喜歡。我比較喜歡晴朗的日子。

el tiempo 天氣
la temperatura 溫度
el grado 度（單位）
aproximadamente 大約
el clima 氣候
húmedo/a 潮濕的
lluvioso/a 下雨的
tampoco 也不（和 no 連用）
soleado/a 晴朗的

對話② ▶▶▶

露西亞： 你所在的城市氣候如何？
佩德羅： 今天很冷，而且溫度很低。
露西亞： 有（下）雪嗎？
佩德羅： 有，這禮拜已經下了很多雪。
露西亞： 我很喜歡雪，因為我喜歡堆雪人。
佩德羅： 我不太喜歡冬天，因為有時候會下冰雹。

la ciudad 城市
el frío 寒冷
bajo/a 低的（⟷ alto/a 高的）
la nieve 雪
nevar 下雪
el muñeco de nieve 雪人
el invierno 冬天
a veces 有時候
el granizo 冰雹

本課文法

① 表示天氣的動詞 🎧 16-201

在西班牙語中，「下…」的天氣狀態可以用特定的動詞表達，如 llover（下雨）、nevar（下雪）。**表達天氣的時候，會以無人稱的方式敘述**，也就是沒有主詞，動詞使用**第三人稱單數形或 hay**（haber 的無人稱形式）。

Hoy llueve mucho. 今天雨下很大。

Hoy nieva mucho en la montaña. 今天山上下大雪。

＊注意動詞不規則變化

② 天氣的表達方式（1）：hacer 🎧 16-202

動詞 hacer 接名詞當受詞，偏向於**說話者的主觀判斷**。

¿Qué tiempo hace? / ¿Qué temperatura hace? 天氣如何？／氣溫如何？

Hace mucho frío. 天氣很冷。	Hace frío. 天氣冷	Hace un poco de frío. 天氣有點冷。	Hace un poco de calor. 天氣有點熱。	Hace calor. 天氣熱。	Hace mucho calor. 天氣很熱。

Hace buen tiempo. / Hace mal tiempo. 天氣好。／天氣不好。

hacer 可以接 sol（太陽）或 viento（風）表達天氣狀況。

Hace (mucho) sol/viento. 出（大）太陽。／有風（風很大）。

③ 天氣的表達方式（2）：hay 🎧 16-203

無人稱動詞 hay 後面接表示天氣現象的名詞，表示相對客觀、「看得到」的天氣狀況，而不是主觀的感受或判斷。以下是可以用 hay 表達的說法（注意不會說 hay sol）。

Hay	lluvia.	有雨。
	nieve.	有雪。
	tormenta.	有暴風雨。
	relámpagos.	有閃電。
	nubes en el cielo.	天空有雲。
	tifón.	有颱風。

4 天氣的表達方式 (3)：estar 🎧 16-204

estar 有兩種表達天氣的方式，一種是後面接形容詞，另一種是使用進行式（estar + 現在分詞）。

¿Cómo está el tiempo? / ¿Cómo está el clima? /

¿Qué tal el tiempo? / ¿Qué tal el clima? 天氣怎麼樣？

*clima 的原意是「長期的氣候」，但在口語中經常當成 tiempo 的同義詞。

● estar + 形容詞

Está	soleado.	陽光普照。
	despejado.	萬里無雲。
	nublado.	多雲。
	caluroso.	天氣熱。
	frío.	天氣冷。

*frío 除了當名詞以外，也可以像這裡一樣當形容詞用。

● estar + 現在分詞（進行式）

Está	lloviendo.	正在下雨。
	nevando.	正在下雪。

● **estamos**（表示氣溫或季節）

estamos 的用法，是指「我們處在某個溫度／季節」的情況下，請注意兩者使用的介系詞不同。另外，溫度也可以用 ser 動詞表達（詳見文法說明 5）。

Estamos a 5 grados bajo cero. 現在零下 5 度。

Estamos en invierno. 現在是冬天。

⑤ 天氣的表達方式 (4)：ser 🎧 16-205

用 ser 表達天氣時，可以這麼說：

● **El tiempo es...**（天氣…）

El tiempo es bueno hoy. 今天天氣很好。

El tiempo es variable en esta temporada. 天氣在這個季節很多變。

● **El clima es...**（氣候…）

El clima es seco en el centro de España. 西班牙中部氣候乾燥。

El clima es sofocante en verano. 夏天氣候悶熱。

● **La temperatura es...**（氣溫…）

La temperatura es baja/alta hoy. 今天氣溫低／高。

La temperatura es de 15 grados. 今天氣溫 15 度。（注意要加介系詞 de）

單字及對話練習

● 季節與氣候：以東京為例 16-301

la primavera
春天

agradable
宜人的

los turistas ven las
flores de cerezo
觀光客賞櫻花

a veces llueve todo
el día
有時整天下雨

el verano
夏天

cálido y húmedo
炎熱而潮濕的

los turistas ven
fuegos artificiales por
la noche
觀光客晚上看煙火

a veces llueve a
cántaros por la tarde
有時下午會下暴雨

el otoño
秋天

fresco
涼的

los turistas ven las
hojas de otoño
觀光客賞秋葉（紅葉）

es la estación más
lluviosa
是最多雨的季節

el invierno
冬天

frío y seco
冷而乾燥的

los turistas van a los
baños termales
觀光客去（泡）溫泉

no llueve mucho en
invierno
冬天下雨不多

● 對話練習：四季的氣候與活動 16-302

請參考以下對話，並且用上面提示的內容，討論東京的季節氣候與旅遊活動。

A: Estoy pensando en viajar a Tokio. ¿Cómo es
el clima allí en **primavera**?

B: El clima es **agradable** en **primavera**.

A: Entonces, ¿qué les gusta hacer a los
turistas?

B: Les gusta **ver las flores de cerezo**.

A: Y por cierto, ¿llueve mucho en **primavera**?

B: **Sí, a veces llueve todo el día.**

A：我正在考慮去東京旅遊。那
裡 春天 的氣候怎麼樣？

B：春天 氣候很 宜人 。

A：那麼，觀光客喜歡做什麼？

B：他們喜歡 賞櫻花 。

A：對了，春天 下很多雨嗎？

B：嗯，偶爾會下一整天的雨。

David: ¡Qué calor! ¿Qué temperatura hace?
好熱！現在氣溫幾度？

Alicia: La temperatura es de 40 grados ahora. Hace mucho sol y está despejado.
現在氣溫是 40 度。太陽很大，而且晴朗無雲。

David: No me gusta el verano, porque el calor de esta estación **siempre me hace sudar mucho**.
我不喜歡夏天，因為這個季節的炎熱總是讓我流很多汗。

Alicia: **A mí me gustan mucho los días soleados**, porque me encanta tomar el sol en la playa.
（但）我喜歡陽光普照的日子，因為我很喜歡在海灘曬太陽（做日光浴）。

David: Pues, A mí también me gusta la playa, pero prefiero quedarme **debajo de la sombrilla**.
嗯，我也喜歡海灘，但我比較喜歡待在大陽傘下。

siempre me hace sudar mucho　讓我流很多汗

　　siempre 是頻率副詞「總是」。hacer sudar a alguien 指的就是「讓某人流汗」，這裡的主詞是 el calor de esta estación，受詞是 me。如果單獨使用動詞 sudar（流汗），例如 sudo mucho，就是「我流很多汗」的意思。

A mí me gustan mucho los días soleados
（我的情況是）我喜歡陽光普照的日子

　　一般而言，A mí me gusta(n)... 裡面的 A mí 通常會省略，但這裡是因為對方說他不喜歡夏天，而自己的情況正好相反，所以刻意說出 A mí，強調自己的情況和對方不同。

debajo de la sombrilla　在大陽傘下

　　介系詞 debajo 是「在…下方」的意思。sombrilla 是指在海灘或者露天咖啡座使用的大型遮陽傘，雨傘則是 el paraguas。

練習題

I. 請依照圖片內容，在空格中填入適當的單字。

例	1	2
Hace ___sol___ .	La temperatura es _____ .	Hay _____ en el cielo.
3	**4**	**5**
Hace mucho _____ .	Está _____ ahora.	Hoy ha _____ en Madrid.

II. 以下表達天氣的句子，應該填入 hace 還是 hay？

1. No _____ nubes en el cielo hoy.

2. _____ mucho calor en Sevilla.

3. ¿Qué tiempo _____ en Valladolid?

4. ¿_____ relámpagos?

5. _____ un poco de frío en Madrid.

III. 以下表達天氣的句子，應該使用 ser 還是 estar？請注意使用正確的動詞形式。

1. La temperatura _____ de 41 grados en Andalucía.

2. _____ a 15 grados bajo cero.

3. _____ soleado en Barcelona.

4. _____ saliendo el sol.（正在日出。）

5. El tiempo _____ cálido.

IV. 請聽音檔，並選出符合對話內容的敘述，或者在空格中寫下適當的答案。

🔊 音檔① 🎧 16-501

1. La temperatura es de _____ grados ahora.

2. La mujer quiere ir a la cafetería porque

   a. no le gusta pasear por el parque.

   b. no le gusta el tiempo cálido.

   c. no sabe qué tiempo hace ahora.

🔊 音檔② 🎧 16-502

3. a. En verano, el clima es muy cálido en Madrid y en Taipei.

   b. En verano, llueve mucho en Madrid y en Taipei.

4. En Taipei, hace menos calor por la noche porque

_____ .

Suelo ir al gimnasio.

我習慣去健身房。

主題對話 ① 運動的習慣 17-101

Antonio: ¿Por qué comes muy poco hoy? ¿No te encuentras bien?

Ema: Es que no estoy en forma. Tengo que hacer más ejercicio y comer menos.

Antonio: ¿Con qué frecuencia haces deporte?

Ema: Voy al gimnasio tres veces a la semana.

Antonio: Yo también suelo ir al gimnasio para hacer ejercicio después del trabajo.

Ema: Podemos quedar para ir al gimnasio otro día.

主題對話② 受邀到朋友家吃飯 🎧 17-102

Lucas: La cena parece muy rica. ¿Siempre cocinas en casa?
Ana: No cocino muy a menudo en casa, porque siempre llego muy tarde a casa después del trabajo.
Lucas: Yo tampoco, porque a veces vuelvo a casa de mis padres para cenar con ellos.
Ana: ¿Y tu novia? ¿También vuelve contigo?
Lucas: Sí, siempre me acompaña.

*volver 不規則變化
我 vuelvo
你 vuelves
他／她 vuelve
我們 volvemos
你們 volvéis
他／她們 vuelven

📖 翻譯與詞彙 🎧 17-103

對話① ▶▶▶
安東尼歐： 妳今天怎麼吃這麼少？妳不舒服嗎？
艾瑪： 是因為我身材狀態不好。我必須多運動，並且少吃。
安東尼歐： 妳多常運動？
艾瑪： 我一週去健身房 3 次。
安東尼歐： 我也習慣在下班後去健身房做運動。
艾瑪： 改天我們可以相約去健身房。

encontrarse bien
（人）狀況還好／不錯／沒事
en forma 身材狀態好的
el ejercicio（非競賽性的）運動
con qué frecuencia 多常…
el deporte
體育運動（原義為競賽性的運動，但在口語中也常當成 ejercicio 的意思使用）
el gimnasio 健身房
soler 習慣（做…）
después de 在…之後
quedar para + 原形動詞 相約做某事

對話② ▶▶▶
路卡斯： 晚餐看起來很美味。妳總是在家做菜嗎？
安娜： 我沒有很常在家做菜，因為下班後我總是很晚才到家。
路卡斯： 我也沒有，因為有時候我會回爸媽家跟他們一起吃晚餐。
安娜： 那你的女朋友呢？她也和你一起回去嗎？
路卡斯： 是啊，她總是會陪我。

parecer + 形容詞 看起來，似乎（怎麼樣）
rico/a 美味的
cocinar 烹飪
a menudo 經常
a veces 有時候
volver 返回
cenar 吃晚餐
acompañar 陪伴

本課文法

1 頻率副詞 🎧 17-201

　　要表達平時有多常做某件事，是很常做或者很少做，就會使用頻率副詞。雖然副詞在句中的位置比較自由，但習慣上，通常會把頻率副詞放在動詞前面。以下介紹六個常用的頻率副詞：

| nunca 從不 | rara vez 很少 | a veces 有時候 | a menudo 經常 | normalmente 通常 | siempre 總是 |

0%　　　　　　　　　　50%　　　　　　　　　　100%

Siempre **estudio** por la mañana.　我總是在上午唸書。

Normalmente **desayuno** a las siete.　我通常 7 點吃早餐。

A menudo **voy** al cine.　我經常去電影院看電影。

A veces **hago** la compra online.　我有時在網路購物。

Rara vez **hago** deporte.　我很少做運動。

　　nunca 如果用來表達「**不曾有過某種經驗**」，**通常會搭配完成時態**。當然，搭配現在簡單式也是可以的，但意義稍有不同，比較像是刻意不做某件事。

Nunca **he ido** a España.　我從來沒去過西班牙。

（Nunca voy a España.　「我從來不去西班牙」〔刻意不去〕）

Evita nunca me **escribe**.　艾薇塔從來不寫信給我。

2 表達重複行為的時間特徵 🎧 17-202

● 「每週／每月幾次」的說法

要以「每週／每月幾次」的方式表達頻率，說法是「**... vez(veces) por semana / por mes**」，或者「**... vez(veces) a la semana / al mes**」。請注意 por 後面不加冠詞，但 a 後面要加。

我每週學習一次西班牙語。

Estudio español <u>una vez</u> <u>por semana</u>.

次數　　　　期間

Tengo clases de inglés <u>dos veces</u> <u>por semana</u>. 我每週有兩次英語課。

（= dos veces a la semana）

Subimos a la montaña <u>tres veces</u> <u>por mes</u>. 我每個月爬三次山。

（= tres veces al mes）

● **cada día / todos los días**「每天」

Voy al trabajo en bici(cleta) cada día / todos los días. 我每天騎腳踏車上班。

● **los + 星期名稱（複數）**「每個星期⋯」

將星期名稱變成複數形，表示在許多個星期幾都做某件事。（星期的名稱請參考第 10 課；週一到週五的單複數同形）

Voy a misa los domingos. 我每週日去參加彌撒。

Tengo clases de español los martes. 我每週二有西班牙語課。

③ 表示習慣的 soler 🎧 17-203

soler 的動詞變化（o → ue 不規則變化）

原形	1人稱單數	2人稱單數	3人稱單數	1人稱複數	2人稱複數	3人稱複數
soler	suelo	sueles	suele	solemos	soléis	suelen

　　我們在課文中一直使用的現在簡單式，本身就表示一種「事實」或者「常態」。不過，如果使用「soler＋原形動詞」的話，則可以強調這是一種習慣。

¿Qué sueles **hacer** los viernes?　星期五你習慣做什麼？

Suelo **ir** al cine los viernes por la noche.　我習慣週五晚上去電影院看電影。

Suelo **leer** un libro antes de dormir.　我習慣睡前讀一本書。

Suelo **ir** de viaje a otra ciudad cuando tengo tiempo libre.
當我有空時，我習慣去別的城市旅行。

No suelo **tomar** café por la noche.　我不習慣晚上喝咖啡。

④ 表達時間先後的「antes/después de ＋ 名詞 / 原形動詞」 🎧 17-204

　　要表達「在做某件事之前／之後」，可以用 antes de（**在…之前**）及 después de（**在…之後**）來表達。de 的後面接名詞，或者原形動詞。「antes/después de...」就像 hoy（〔在〕今天）、a las siete（在 7 點）一樣，屬於表達時間的副詞片語。

Me ducho antes de salir.　我在出門之前洗澡。

Hago footing después del trabajo.　我在（工作）下班之後慢跑。

單字及對話練習

● 從事休閒活動的時間

després del trabajo 下班後　los fines de semana 每週末

cuando tienes tiempo libre 在你有空的時候

● 動態活動與靜態活動

hacer footing
慢跑

bailar salsa
跳騷莎舞

jugar al tenis
打網球

montar en bici
騎單車

hacer
manualidades
做手工藝

hacer ganchillo
鉤針編織

hornear pasteles
烤蛋糕

jugar a juegos
online
玩線上遊戲

*jugar 不規則變化：我 juego｜你 juegas｜他 / 她 / 您 juega｜我們 jugamos｜你們 jugáis｜
他 / 她們 / 您們 juegan

● 對話練習：喜歡從事的休閒活動

　請參考以下對話，並且用上面提示的動態與靜態活動，討論彼此喜歡的休閒活動。

A: ¿Qué sueles hacer **después del trabajo** ?

B: Normalmente **hago footing** , pero a veces
juego al tenis con unos amigos. Y tú, ¿qué
haces **después del trabajo** ?

A: Yo suelo **hacer manualidades** porque
prefiero pasar tiempo en casa.

B: ¿No haces las actividades deportivas?

A: Rara vez hago ejercicio. Es muy agotador
para mí.

A：下班後 你習慣做什麼？

B：我通常 慢跑 。但有時候我
和一些朋友 打網球 。那你
呢，你 下班後 做什麼？

A：我習慣做 手工藝 ，因為
我比較喜歡在家度過（時
間）。

B：你不做體育活動嗎？

A：我很少做運動。對我來説
太累人了。

153

Emilio: ¿Qué sueles hacer los fines de semana?
週末妳習慣做什麼？

Eva: Normalmente tengo **unas horas tranquilas y solas** en casa cuando mi marido juega al fútbol con los niños los sábados por la mañana. ¿Y tú?
每週六早上，我先生和小孩去踢足球的時候，通常我在家有幾小時安靜獨處的時間。你呢？

Emilio: Yo suelo **llevar a mis hijos al Museo de Ciencias**, porque a ellos les encantan los dinosaurios.
我習慣帶著孩子們去科學博物館，因為他們很喜歡恐龍。

Eva: ¿Les gustan los animales también?
他們也喜歡動物嗎？

Emilio: Sí. A menudo vamos al zoo.
是啊。有時候我們會去動物園。

Eva: A mi hija también le gusta mucho el zoo.
我女兒也很喜歡動物園。

unas horas tranquilas y solas　幾小時安靜獨處的時間

　　這裡是用兩個形容詞（tranquilo、solo）修飾前面的名詞 horas，表示「安靜而且獨處的小時（時間）」。雖然前面提到 solo/a 的用法，都是接在動詞後面，表示「獨自…」，但實際上也可以像這裡一樣，修飾前面的名詞。

llevar a mis hijos al Museo de Ciencias　帶我的孩子們去科學博物館

　　在西班牙語中，人物受詞不管是直接受詞或間接受詞，通常前面都會加上介系詞 a（如果沒有使用其它介系詞的話）。在這裡，mis hijos 是 llevar 的直接受詞。llevar 本來是攜帶物品的意思，如果接人物受詞，則是「帶／陪某人去某個地方」的意思。

I. 以下是 Ana 平常會做的事，請依照左邊的敘述，在右邊填入適當的頻率副詞。

siempre / normalmente / a menudo / a veces / rara vez

Desayuna en casa cada día.	1. _____ desayuna en casa.
Va al cine una vez por mes.	2. _____ va al cine.
Hace la compra 3 veces por semana.	3. _____ hace la compra.
Va al trabajo en metro 4 días por semana.	4. _____ va al trabajo en metro.
Tiene clase de yoga 2 veces por semana.	5. _____ tiene clase de yoga.

II. 請用 antes de 和 después de 描述 Enrique 平常作息的先後順序。

ducharse desayunar	1. Enrique _____
	
	   antes de _____.
	
	2. Enrique _____
	
	   después de _____.

leer un libro irse a la cama	3. Enrique _____
	
	   antes de _____.
	
	4. Enrique _____
	
	   después de _____.

III. 請用動詞 soler 將以下中文句子翻譯成西班牙文。

1. 我們習慣在吃晚餐後散步。

2. 我的父母習慣每週日採買（食材）。

3. 我習慣 7 點起床。

IV. 請聽音檔，並選出符合對話內容的敘述，或者在空格中寫下適當的單字。

🔊 音檔① [🎧 17-501]

1. La mujer no tiene clase los _____.

2. a. El hombre tiene clase cada día.

   b. A veces el hombre no tiene clase todo el día.

3. El hombre _____ _____ cuando no tiene clase.

🔊 音檔② [🎧 17-502]

4. 請在下表中勾選男子和女子有預定計畫的日子，並且用原形動詞寫出兩人各自的預定事項。

	Lu. 週一	Ma. 週二	Mi. 週三	Ju. 週四	Vi. 週五	預定事項
男						
女						

5. Ellos van a cenar en un restaurante francés este _____.

¿Con quién hablo?

請問您是哪位？

主題對話① 提醒會議時間 🎧 18-101

Daniel: ¿Diga? ¿Puedo hablar con Elvira Delibes?

Ema: Un momento, ahora se pone.

Elvira: ¿Dígame? Soy Elvira Delibes. ¿Con quién hablo?

Daniel: ¡Hola! Elvira. Soy Daniel. Solo quiero recordarte que la videoconferencia con los clientes empieza a las once.

Elvira: No te preocupes. Ya estoy lista.

主題對話② 收訊不好 🎧 18-102

Lucía:　¿Dígame? ¿Lucas? ¿Me oyes?

Lucas:　¿Es Lucía? Hay mucho ruido, no te oigo bien. ¿Dónde estás?

Lucía:　Estoy en la avenida Gran Vía. ¿Ahora me oyes?

Lucas:　Ahora sí. ¿Qué tal?

Lucía:　Bien. Quedamos a las siete en la plaza mayor. ¿Lo recuerdas?

Lucas:　Claro que sí. Estoy a punto de salir. Nos vemos pronto.

📖 翻譯與詞彙 🎧 18-103

對話① ▶▶▶

丹尼爾：　喂？我想找艾維拉・德里貝斯（我可以跟艾維拉・德里貝斯講話嗎？）。

艾瑪：　　請等一下，馬上幫您轉接（她馬上接聽）。

艾薇拉：　喂？我是艾維拉・德里貝斯。請問您是哪位（「我在跟誰說話」）？

丹尼爾：　嗨！艾薇拉。我是丹尼爾。我只是想要提醒妳，和客戶們的視訊會議 11 點開始。

艾薇拉：　別擔心。我已經準備好了。

¿Diga? / ¿Dígame?（在電話上）喂？
Un momento. 等一下。
ponerse (al teléfono) 接聽電話
recordar 提醒
la videoconferencia 視訊會議
el cliente / la clienta 客戶
empezar 開始（e → ie 不規則變化）
No te preocupes.（你）不要擔心。
ya 已經
listo/a 準備好的

對話② ▶▶▶

露西亞：　喂？路卡斯？你聽得到我嗎？

路卡斯：　是露西亞嗎？ 有好多噪音，我聽不太清楚。妳在哪裡？

露西亞：　我在格蘭大道。現在你聽得到我嗎？

路卡斯：　現在可以了。妳好嗎？

露西亞：　我很好。我們約 7 點在主廣場，你記得這件事嗎？

路卡斯：　當然記得。我正要出門。我們待會見。

oír 聽到
el ruido 噪音（不可數名詞）
la avenida 大道
recordar 記得（o → ue 不規則變化）
Claro que sí. 當然是／當然好。
estar a punto de + 原形動詞
正要做…
pronto 不久，很快

本課文法

① 電話中打招呼與找人的用語 🎧 18-201

平常打招呼的時候，會說 ¡Hola!，但**在電話中，則是用 ¿Diga? / ¿Dígame?（喂？）作為開頭的招呼語**。另外，在南美洲通常會說 ¿Aló?，在墨西哥則是 ¿Bueno?。不過，如果是打電話給比較熟的人，也可以直接說 ¿Hola?。

另外，也要注意**在確認對方身分的時候，不是說 ¿Eres...?，而是 ¿Es...?**，這是因為還不確定對方是誰，所以先保持禮貌的關係。

● 電話開頭的招呼

¿Dígame? / ¿Diga?	喂？

● 確認對方是不是自己要找的人

¿Es Ana?	是安娜嗎？

● 找某個人

¿Está Ana?	安娜在嗎？
¿Puedo hablar con Ana?	我可以和安娜說話嗎？
¿Podría hablar con Ana?	我可以和安娜說話嗎？ （動詞 poder 的條件式，比 puedo 講究禮貌的說法）
¿El director Sánchez, por favor?	可以麻煩您找桑切斯主任嗎？

● 要求轉接電話

課文中出現過有代動詞 ponerse (al teléfono) 表示「某人接聽電話」的用法，但這裡的 me pone con 則是「您幫我轉接電話到…」的意思。要回答「幫您轉接」，可以說 Un momento, por favor.（請等一下）。

¿Me pone con la extensión 112?	請幫我轉接分機 112。
¿Me pone con el señor Wang, por favor?	請幫我轉接王先生，麻煩了。

2 電話中常用的回應用語 🎧 18-202

如果要表明自己就是對方要找的人，以 Ana 為例，可以說 **Soy Ana.**（我是安娜），或者說 **Soy yo.**（就是我）。

要確認打電話來的人是誰，通常不會直接說 ¿Quién es?（是誰？），因為感覺語氣太衝了，所以通常會用制式的 **¿De parte de quién?** 或 **¿Con quién hablo?** 來表達。

● 詢問是誰打電話來

¿De parte de quién?	請問是哪位？ ●「是從誰打來的電話」的意思 　可回答 De...（我是…）
¿Con quién hablo?	請問是哪位？ ●「我在跟誰說話」的意思 　可回答 Con...（我是…）

● 對方要找的人在／不在

Un momento(, por favor).	（請）等一下。 ● 要呼喚某個人接聽電話，可以喊 ¡人名，al teléfono!（某某，接電話！）
Ahora no está.	他現在不在。
De momento no está disponible.	目前他沒有空。
Puede(s) dejarle un mensaje si quiere(s).	如果您（你）想要的話，可以留言給他。

3 電話中遇到的問題 🎧 18-203

因為跟當面對話比起來，打電話時需要憑藉設備才能進行，所以會因為收訊不良、手機沒電等意外狀況而受到干擾，這些狀況也有各自特定的說法。

● 對方打錯電話

Lo siento, te has equivocado de número.	抱歉，你打錯了。 ●「你弄錯了電話號碼」的意思

● 收訊問題

No te oigo (bien). (Habla) más alto.	我聽不清楚你說話。說大聲一點。 ● oír「聽到」的第一人稱單數形是不規則變化 → oigo。habla 是 hablar 的命令式（第二人稱單數）。
No se oye bien. Más alto, por favor.	您那邊聽起來不清楚。請大聲一點。 ● 和上一句不同，這裡使用反身形式 oírse（聽起來，讓人聽到）表達被動的意味。
¿Me oyes ahora?	現在你聽得到我嗎？ ● oír「聽到」
Estoy fuera de cobertura.	我這裡收訊不良。 ●「在訊號覆蓋範圍外」的意思
Aquí no hay cobertura.	這裡沒有訊號。

● 手機沒電、預付卡餘額不足

Me estoy quedando sin batería.	我的手機快沒電了。 ●「我正在變成（quedarse）沒有電池的狀態」的意思
Estoy sin saldo.	我沒有餘額了。 ● 指預付通話費（tarifa de prepago）用完的狀態

● 和別人提到電話方面的問題

Está comunicando.	他正在通話中。
Tengo una llamada perdida.	我有一通未接來電。
No ha sonado el teléfono (móvil).	電話（手機）沒響。
No lo ha cogido.	他沒接電話。
Vuelvo a llamarlo / la.	我再打一次電話給他。 ●「volver a + 原形動詞」是「再次…」的意思
Vuelvo a marcar.	我再撥號一次。

單字及對話練習

● 預定行程　18-301

提醒：Elisa Torres
(empezar) 10:00 AM

la boda de Fernando y Rebeca es este sábado　費南多和蕾貝卡的婚禮是這星期六

(celebrarse) en la iglesia cerca de la estación de tren　在火車站附近的教堂（舉行）

提醒：Carlos
(empezar) 9:00 PM

hay un concierto de Rosalía este domingo
這星期日有一場蘿莎莉雅的演唱會

(realizarse) en el Teatro Real de Madrid
在皇家馬德里劇院（舉行）

提醒：Miguel Ángel
(quedar) 8:00 PM

quedamos para cenar este viernes
我們約好這個星期五吃晚餐

(quedar) en el restaurante Luis
（約）在路易斯餐廳

提醒：
el director Alejandro
Rodríguez
(empezar) 3:00 PM

tenemos una reunión mañana
我們明天有一場會議

(tener lugar) en la sala de reuniones B
在會議室 B（舉行）

● 對話練習：提醒預定事項　18-302

　　請參考以下對話，練習在電話上提醒對方預定的行程。請注意括號中的動詞要使用正確的字尾變化：「舉行」都是以活動為主詞，「約好」（quedar）則是以談話的兩人為主詞。

A: ¿Dígame? ¿Puedo hablar con **Elisa Torres** ?

B: Soy **Elisa** . ¿De parte de quién?

A: Hola, **Elisa** . Soy *Tomás* . Solo quiero recordarte que **la boda de Fernando y Rebeca es este sábado** . ¿Lo recuerdas?

B: Claro que sí. **Se celebra en la iglesia cerca de la estación de tren** , ¿verdad?

A: Sí, eso es.

B: Pero, no recuerdo a qué hora **empieza la boda** .

A: **Empieza a las diez de la mañana** .

B: Bien, nos vemos entonces.

A：喂？我可以跟 愛麗莎‧托雷斯 講話嗎？

B：我是 愛麗莎 。請問是哪位？

A：嗨， 愛麗莎 。我是*托馬斯*。我只是想提醒妳， 費南多和蕾貝卡的婚禮是這星期六 。妳記得嗎？

B：當然。 婚禮是在火車站附近的教堂舉辦 ，對嗎？

A：對，沒錯。

B：不過，我不記得幾點 婚禮開始 。

A： 早上 10 點開始 。

B：好，我們到時候見。

Felisa:	¿Dígame? ¿Está Elisa?
	喂？愛莉莎在嗎？
El hermano de Elisa:	¿De parte de quién?
	請問哪裡找？
Felisa:	De Felisa, **una amiga suya**.
	我是菲莉莎，她的一位朋友。
El hermano de Elisa:	De momento no está disponible. Puedes dejar tu número de teléfono y **se lo diré**.
	她現在不方便接電話。妳可以留下妳的電話號碼，我會告訴她。
Felisa:	Mi número de teléfono móvil es el 699 133 255. Gracias.
	我的手機電話號碼是 699 133 255。謝謝。

una amiga suya 她的一位女性朋友

　　一般而言，「她的女性朋友」都是以 su amiga 來表達，但 su 的前面不能直接加上冠詞 un/una。這時候，就會改用 su 置於名詞後的形式 suyo/a，而變成 una amiga suya。（參見第 20 課的文法說明）

se lo diré 我會告訴她（電話號碼）

　　diré 是 decir（說〔某件事〕，告訴）的第一人稱單數未來式（不在本書的文法範圍內）。並列的代名詞 le lo 依規則改為 se lo，其中的 se（原本是 le）表示 Elisa，lo 表示 tu número de teléfono，所以意思是「我將會把妳的電話號碼告訴她」。

練習題

I. 請選擇正確的電話用語詞彙。

1. 是大衛嗎？ ¿[Es / Eres] David?

2. 愛麗莎正在通話中。 Elisa está [comunicando/hablando].

3. 馬上為您轉接。 Ahora [le pone / se pone].

4. 我可以跟安娜說話嗎？ ¿Puedo [hablar / decir] con Ana?

II. 請選擇適當的句子，填入以下對話。

a. Ahora no está disponible.

b. ¿Con quién hablo?

c. Creo que te has equivocado de número.

d. Un momento, por favor.

1. A: ¿Está Alberto?

 B: Soy Alberto. _____

 A: Hola, Alberto. Soy Helena.

2. A: ¿Diga? ¿Es Alicia?

 B: _____

 A: Lo siento mucho.

3. A: ¿Diga? Antonio Pérez, por favor.

 B: _____ Puede dejarle un mensaje si quiere.

4. A: ¿Diga? Soy Pedro Hernández. ¿Me pone con Luisa Sánchez?

 B: De acuerdo. _____

III. 請聽音檔，並選出符合對話內容的敘述，或者在空格中寫下適當的答案。

🔊 音檔 🎧 18-501

1. Antonio no ha cogido el teléfono porque

 a. no ha oído el teléfono.

 b. tiene una cita por la mañana.

2. ¿Cómo está el tiempo hoy? - Está _____.

3. Ana quiere _____ con Antonio.

4. Ana y Antonio quedan en _____.

¿Qué haces cuando...?

當…的時候你會做什麼？

主題對話① 談論休閒活動 🎧 19-101

David: ¿Qué haces cuando tienes tiempo libre?

Elvira: Cuando tengo tiempo libre, voy de excursión a los pueblos cercanos con unos amigos. ¿Y tú?

David: Veo películas en casa cuando estoy libre.

Elvira: ¿Qué haces cuando llegan las vacaciones de verano?

David: Pues, organizo un viaje al extranjero. ¿Y tú?

Elvira: Yo me quedo toda la tarde en la playa tomando el sol.

主題對話② 準備生日派對 🎧 19-102

Lucía: Hoy es el cumpleaños de Alberto. ¿Por qué no hacemos una fiesta en casa?

Lucas: Buena idea. ¿Cómo la hacemos?

Lucía: Mientras preparo la cena, llamo a los amigos para invitarlos.

Lucas: Yo salgo a comprar la tarta y el regalo, mientras tanto tú preparas la comida en casa.

Lucía: Antes de llegar a casa Alberto, apago toda la luz para darle una sorpresa.

📖 **翻譯與詞彙** 🎧 19-103

對話① ▶▶▶

大衛：　　你有空的時候會做什麼？

艾維拉：　當我有空的時候，我會跟一些朋友去附近的小鎮旅遊。你呢？

大衛：　　當我空閒的時候，我會在家看電影。

艾維拉：　暑假到來的時候，你會做什麼？

大衛：　　嗯，我會計畫到國外的旅行。妳呢？

艾維拉：　我整個下午都待在沙灘上曬太陽。

el tiempo 時間

libre 空閒的

ir de excursión 去短途旅行

el pueblo 小鎮，村莊

las vacaciones de verano 暑假

organizar 組織，籌劃

el extranjero 國外

quedarse 待在…

tomar el sol 曬太陽

對話② ▶▶▶

露西亞：　今天是阿爾貝多生日，我們何不在家辦個派對呢？

路卡斯：　好主意。我們要怎麼辦派對呢？

露西亞：　我準備晚餐的同時，會打電話邀請朋友們。

路卡斯：　你在家準備食物的同時，我出門去買蛋糕和禮物。

露西亞：　阿爾貝多到家前，我會關掉全部的燈來給他驚喜。

mientras 在…的同時

preparar 準備

mientras tanto 正當…的同時

apagar 熄滅，關（燈）

la luz 燈光

dar una sorpresa 給予驚喜（讓人驚喜）

165

本課文法

1 複合句與表達時間的連接詞 🎧 19-201

句子可以分為「獨立句」和「複合句」兩種。

獨立句	Mi padre **trabaja** en el hospital. 我爸爸在那家醫院工作。
複合句	**Tengo** un hermano mayor, **y trabaja** en el hospital. 我有一個哥哥，而他在那家醫院工作。 **Creo que** Ana **es** una profesora amable. 我認為安娜是一位親切的老師。

獨立句和複合句的差異在於，**獨立句只有一個動詞，而複合句有兩個（或更多）動詞，各自屬於不同的子句**。複合句的子句之間以「連接詞」連結（第 1 個例句），或者以具有連接詞功能的「關係代名詞」連結（第 2 個例句）。

在本課的課文中，有許多以連接詞 **cuando（當…的時候）** 連結的複合句。cuando 後面引導的子句，是依附於主要子句的「附屬子句」（參考文法解說 2），表示主要子句的動作「發生的時間或情況」。請注意連接詞 cuando 和疑問句使用的疑問詞 cuándo（什麼時候）不同，差別在於是否有重音符號。

當我有空的時候，我待在家看書。
Cuando tengo tiempo libre, **me quedo** en casa leyendo libros.
　　　附屬子句　　　　　　　　　主要子句

（leyendo 是動副詞，性質上屬於修飾語，所以不視為動詞）

另一個連接詞 **mientras** 則是「**在…的同時**」的意思。雖然感覺上和 cuando 有點類似，但 mientras 比較傾向於表達兩件事「同時發生」的意義，兩個子句可以是相同主詞所做的不同動作，也可以是不同的主詞。mientras tanto「正當…的同時，與此同時」更加強調同時的意義。

〔主詞相同〕
Mientras estudio, **escucho** la música. 當我讀書的同時，我會聽音樂。

〔主詞不同〕
Mientras yo **estudio**, Ana **juega** a juegos online.
當我讀書的同時，安娜玩線上遊戲。

Tú **prepara** la cena, **mientras tanto** yo **pongo** la mesa.
你準備晚餐的同時，我在桌上擺好餐具。

mientras 還有 mientras que...「而…，相反地…」這種用法，和時間無關，而是表達兩者情況相反。

A José le **gusta** ver (las) películas, **mientras que** Ema **prefiere** leer (las)
novelas. 荷西喜歡看電影，而艾瑪比較喜歡讀小說。

② 附屬子句（oración subordinada）的種類 🎧 19-202

附屬子句依附於主要子句，結構上屬於主要子句的一部分。所以，依照附屬子句在句子中扮演的角色，可以分為三種：**名詞子句（oración sustantiva）、形容詞子句（oración adjetiva）及副詞子句（oración adverbial）**。前面介紹的 cuando 和 mientras 子句，是為主要子句添加時間方面的資訊，所以屬於副詞子句。

● 名詞子句

指在整個句子中扮演「名詞」功能的子句。雖然結構上「附屬」於主要子句，但實際上，名詞子句的內容往往是句子裡的重點。名詞子句主要有以下兩種。

〔que 引導的子句〕
Creo que David no **está** en casa ahora. 我認為大衛現在不在家。

〔疑問詞引導的子句〕
No **sé quién es** la madre de Teresa. 我不知道誰是泰瑞莎的媽媽。

● 形容詞子句

指在整個句子中扮演「形容詞」功能的子句，即所謂的「關係子句」，修飾前面的名詞（先行詞），為名詞添加資訊。形容詞子句主要是以 que 引導的。

〔先行詞是具體的人事物〕
¿**Hay** trenes **que salen** esta tarde? 有今天下午出發的列車嗎？
La chica **que tiene** el pelo largo **es** Juana. 那個有長髮的女孩是胡安娜。

〔先行詞是 lo〕

要表示抽象的概念或不確定的事物「⋯的事情／東西」，使用中性詞 lo 來表達。

¿Qué es lo que quieres decirme?　你想要告訴我的是什麼？

● 副詞子句

指在整個句子中扮演「副詞」功能的子句，表示主要子句的動作是在什麼「環境或條件」下進行的，例如表示時間的子句。

Cuando estoy resfriado, **bebo** zumo de naranja.
當我感冒的時候，我會喝柳橙汁。

單字及對話練習

● 轉換心情的方法 19-301

comer los dulces
吃甜食

tomar el sol
曬太陽

hablar con mis
amigos(as)
和我的朋友們談

jugar con mi perro/
gato
和我的狗 / 貓玩

respirar hondo
深呼吸（深深地呼吸）

echarse/dormir*
una siesta
小睡一下

masticar chicle
嚼口香糖

apagar mi movil
關掉我的手機

其他情緒狀態

estar de buen/mal humor 心情好／心情不好 ｜ estar aburrido(a) 無聊 ｜
estar cansado(a) 疲倦 ｜ estar triste 傷心

*dormir 的第一人
稱單數現在形是
duermo (o → ue)

● 對話練習：當…的時候，我會… 19-302

　　請參考以下對話，討論轉換負面情緒的方法，也可以使用以前學過的活動項目，例
如 ir de compras（去購物）、pasear por el parque（在公園散步）等等。請注意表示情緒
的形容詞，要配合主詞使用正確的性別字尾。

A: ¿Qué haces cuando estás *deprimida(o)* ?

B: Cuando estoy *deprimida(o)* , **como los dulces** .
¿Y tú?

A: Yo **juego con mi perro** para sentirme mejor.

B: Hum, no te ves muy bien estos días. ¿Qué
pasa?

A: Estoy esperando el resultado de un examen
importante. ¿Qué haces cuando estás
 preocupada(o) ?

B: Yo **respiro hondo** para mantener la calma.

A: Voy a intentarlo.

A：妳*沮喪*的時候會做什麼？

B：我*沮喪*的時候會 吃甜食 。
你呢？

A：我會 和我的狗玩 ，讓我感
覺比較好。

B：嗯，你最近看起來不是很
好。怎麼了？

A：我正在等待一個重要考試的
結果。妳覺得*擔心*的時候會
做什麼？

B：我會 深呼吸 來保持冷靜。

A：我會試試看。

David: ¿Es verdad que los españoles se abrazan cuando se ven?
西班牙人見面時彼此擁抱是真的嗎？

Lina: Sí. Y entre amigos, nos damos dos **besos en las mejillas**, mientras tanto hacemos ruidos con los labios **como** "muak, muak".
對。而且在朋友之間，我們會用臉頰「親吻」，同時用嘴唇發出像是「muak，muak」的聲音。

David: Los españoles parecen muy cariñosos.
西班牙人似乎非常親切熱情。

Lina: A nosotros nos gusta conocer gente y hacer amigos.
我們喜歡認識人並且交朋友。

besos en las mejillas　用臉頰「親吻」

「在臉頰上親吻」並不是嘴對嘴，而是彼此輕碰臉頰。作為打招呼方式的親吻，指的是這種做法。

como　像是…一樣

類似英文的 as 或 like，表示「像是…一樣」的意思。

練 習 題

I. 請選擇適合接續前半句的句子內容。

*agua：水

1. Cuando estoy de viaje,	a. me quedo en casa.
2. Cuando llueve,	b. bebo mucha agua.
3. Cuando tengo fiebre,	c. me gusta sacar fotos de paisaje.
4. Cuando estoy triste,	d. tomo el sol para sentirme mejor.

II. 請依照圖片內容寫出他們同時做的事情。圖片中的動作用任何順序來寫都可以。

1.

José _____

mientras tanto _____

_____ .

2.

Alicia _____

mientras tanto _____

_____ .

III. 請將以下的中文翻譯成西班牙文。

1. 天氣好的時候，我喜歡在公園散步。

2. 當我有空閒時間的時候，我會讀一本書。

3. 我認為 Mónica 在超市。

IV. 請聽音檔，並選出符合對話內容的敘述，或者在空格中寫下適當的答案。

◀)) 音檔　🎧 19-501

1. Cuando está deprimida, la mujer _____ o _____ .

2. Al hombre no le gusta salir de casa porque

   a. no le gusta el calor.

   b. prefiere los días nublados.

   c. no sabe qué puede hacer.

3. La mujer cree que el ejercicio es bueno para ponerse（變得）

   más _____ .

4. El hombre _____ hace ejercicio.

Dicen que...

聽說…

主題對話① 戀愛傳聞 20-101

Ana: Dicen que María está saliendo con Alberto.

Elvira: ¿Sí? Dice que Alberto es solo un amigo suyo.

Ana: ¿Qué más te ha dicho María?

Elvira: Me ha dicho que Alberto es un chico tímido. Prefiere los chicos más extrovertidos.

Ana: A decir la verdad, Alberto no es muy tímido. Siempre sale con varias chicas.

Elvira: ¿Sí? ¡No me digas!

主題對話② 食物的名稱 20-102

Lucía: Dicen que los españoles comen muy sano, ¿de veras?

Lucas: Sí. Pero, también comemos algo frito de vez en cuando. ¡Mira!

Lucía:　　¿Qué es esto? ¿Cómo se dice en español?

Lucas:　　Es alcachofa frita. La comemos mucho en España.

Lucía:　　¿Y esto? ¿Cómo se dice en español?

Lucas:　　Son croquetas. Puedes pedirlas en un bar.

📖 翻譯與詞彙 20-103

對話① ▶▶▶

安娜：　　　聽說瑪麗亞正在和阿爾貝多交往。

艾維拉：　　是嗎？她説阿爾貝多只是她的一個朋友。

安娜：　　　瑪麗亞還跟妳説過什麼？

艾維拉：　　她跟我説阿爾貝多是個害羞的男孩子。她比較喜歡外向的男生。

安娜：　　　説實話，阿爾貝多沒有很害羞。他總是和不同的女孩子約會。

艾維拉：　　真的嗎？真不敢相信！

decir 説（訊息）

salir con 和…交往、約會、出遊、出門

solo 僅僅，只是

suyo/a 他（她、它）的

tímido/a 害羞的

extrovertido/a
外向的（←→ introvertido/a 內向的）

a decir la verdad 説實話…

varios/as 不同的，幾個（數個）

¡No me digas!
（你説的話）不會吧！真令人不敢相信！

對話② ▶▶▶

露西亞：　　聽說西班牙人吃得很健康，是真的嗎？

路卡斯：　　對。但是，我們偶爾也會吃炸的東西。妳看！

露西亞：　　這是什麼？西班牙語怎麼説？

路卡斯：　　這是炸朝鮮薊。在西班牙，我們很常吃這個。

露西亞：　　那這個呢？西班牙語怎麼説？

路卡斯：　　這些是可樂餅。妳可以在酒吧點來吃。

comer sano
吃得健康（sano 是形容詞「健康的」，但在這個口語説法中，變得像是副詞的功能）

¿De veras? 是真的嗎？（veras「事實」）

algo 某個東西

frito/a 油炸的

de vez en cuando 偶爾

¡Mira! 你看！

esto 這個東西（不知道是什麼，或者不知道名稱時，使用 este/esta 的中性形式 esto。「那個東西」則是 eso、aquello。）

decirse 被稱為…

la alcachofa 朝鮮薊

la croqueta
可樂餅（在西班牙通常是將白醬加上火腿或其他肉類製成的泥，揉成小塊後油炸而成）

pedir 點（菜），訂購

el bar 酒吧

本課文法

① 動詞 decir「說（訊息）」

🎧 20-201

原形		動副詞		過去分詞	
decir		diciendo		dicho	
1人稱單數	**2人稱單數**	**3人稱單數**	**1人稱複數**	**2人稱複數**	**3人稱複數**
digo	dices	dice	decimos	decís	dicen

首先讓我們了解一下，西班牙語表示「說話」的動詞之間的區別。

hablar

「講話」：發出語音

Tina habla chino, inglés y español.
蒂娜說華語、英語和西班牙語。

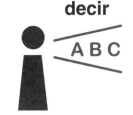

decir

「說」：說出訊息

Tina dice que su hermano es doctor.
蒂娜說她的哥哥是醫生。

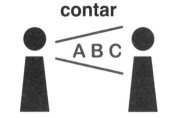

contar

「告訴」：向某人傳達詳情

Tina me cuenta un secreto.
蒂娜告訴我一個祕密。

hablar 只是描述「講話」這件事，不在乎講了什麼內容，所以除了接語言名稱當受詞以外，大多是不接受詞的。decir 則是「說出訊息」，後面經常接 que 引導的句子，表示說出的內容。contar 是向某人詳細敘述一件事，例如 contar una historia（說一個故事），並且也預設會有聆聽的對象。

🎧 20-202

● 人 decir que...「某人說…」

decir que...（說…）是 decir 最常見的用法，依照說出訊息的人是誰，使用對應的動詞字尾，而 que 後面接完整的句子。

Ana dice que la profesora de inglés es muy amable.
安娜說英語老師很親切。

● dicen que... 「聽說⋯」

如果要表達「**聽說⋯**」，也就是一種常聽到的傳聞，或者說是非特定的某些人／某個人的說法，會使用**第三人稱複數 dicen que...** 來表達（文法上歸類為一種「無人稱」的表達方式）。

Dicen que los españoles son altos.　聽說西班牙人身高很高。

●¿Cómo se dice 事物 / 話語 (en 語言)?「⋯（用某語言）怎麼說／稱呼？」

這個句型的結構和 ¿Cómo se llama ese hombre?（那個男人叫什麼名字？）類似，同樣使用有代動詞的結構，表示「被稱為⋯」。差異在於，se dice 的重點是「用某種語言怎麼表達」，所以**主詞不會是人，但可以是一個詞語或一句話**。

¿Cómo se dice esto (en español)?　這個東西（用西班牙語）叫什麼？
※ 因為不知道這個東西叫什麼，所以用無性別的中性形式 esto

¿Cómo se dice "hola" en chino?　「嗨」用華語怎麼說？

¿Cómo se dice "lo siento" en inglés?　「抱歉」用英語怎麼說？

● A decir la verdad, ...「說實話，⋯」

這裡的介系詞 a 可以理解為「以⋯為目標」的意思，所以是用來表達一個人「即將要說實話」。

A decir la verdad, no me gusta ese profesor.　說實話，我不喜歡那位老師。

● ¡No me digas!「不會吧！真令人不敢相信！」

no me digas 字面上的意思是「你不要跟我說」，no digas 是否定命令式。這句話實際上的用法，則是別人說了一件不可思議的事情，讓自己很驚訝，而想表達「你別跟我開玩笑」的心情，也就是「不會吧！真令人不敢相信！」的意思。雖然命令式不在本書的文法範圍內，但這是很常用的慣用句，可以直接記下來。

A: ¿Sabes que María se ha casado con Carlos?
你知道瑪莉亞已經和卡洛斯結婚了嗎？
B: ¡No me digas!　不會吧！真令人不敢相信！

❷ 後置所有格形容詞

在第 7 課，我們已經學過所有格形容詞 mi(s), tu(s), su(s), nuestro/a(s), vuestro/a(s), su(s)，它們都用在名詞前面。這裡要介紹**放在名詞後面的所有格形容詞，稱為後置所有格形容詞**，如下表。 🎧 20-203

	前置	後置
我的	mi(s)	mío/mía(s)
你的	tu(s)	tuyo/tuya(s)
他 / 她 / 您的	su(s)	suyo/suya(s)
我們的	nuestro/nuestra(s)	nuestro/nuestra(s)
你們的	vuestro/vuestra(s)	vuestro/vuestra(s)
他 / 她 / 您們的	su(s)	suyo/suya(s)

從上表可以看出，後置所有格形容詞都有性和數的變化，並且要和修飾的名詞一致。

那麼，為什麼需要兩組所有格形容詞呢？因為前置所有格形容詞不能和不定冠詞（un, una, unos, unas）或數字、形容詞 algún, alguna, algunos, algunas「某個／某些」一起使用，這時候就要將所有格放在名詞後面。所以，後置所有格形容詞經常是用來表達「某群體的其中一個／一些」。 🎧 20-204

Emilio es **un** compañero **mío**. 艾米里歐是我的一位同事（同事之一）。

Elisa es **una** compañera **tuya**. 艾麗莎是你的一位同事（同事之一）。

Tres amigos **suyos** viven en Tainan. 他 / 她的三個朋友（朋友中的三個）住在台南。

Algunas amigas **nuestras** tienen novios.
我們的某些女性朋友（女性朋友中的某些）有男朋友。

單字及對話練習

● 好消息與當事人的說法 20-301

Lisa está embarazada.
麗莎懷孕了。

Estoy embarazada de tres meses.
我懷孕三個月了。

Me siento* feliz, pero no es fácil quedarme embarazada.
我感覺很幸福，但懷孕（處於懷孕的狀態）並不容易。

*sentirse：感覺

Fernando y Helena han comprado un chalé.
費南多和海倫買了一棟別墅。

Hemos vivido en el chalé por dos semanas.
我們在這棟別墅住兩個禮拜了。

Está un poco lejos del centro, pero nos gusta el barrio tranquilo.
它離市中心有點遠，但我們喜歡這個寧靜的地區。

Javier ha encontrado un trabajo nuevo.
哈維爾找到了新的工作。

La empresa me ofrece un salario más alto.
這間公司提供我比較高的薪水。

Mis compañeros son amables, y yo me llevo bien con ellos.
同事人很親切，我也和他們相處愉快。

● 對話練習：轉述 20-302

　　請參考以下對話，討論聽到的好消息，以及當事人自己的說法。請注意引述別人所說的話時，要將第一人稱的名詞、動詞改成第三人稱。

A: Dicen que **Lisa está embarazada** . ¿Es verdad?

B: Sí. **Dice que está embarazada de tres meses** .

A: ¡Qué buena noticia! ¿Qué más te ha dicho?

B: **Dice que se siente feliz, pero no es fácil quedarse embarazada** .

A：聽說 麗莎懷孕了 。是真的嗎？

B：對。 她說她懷孕三個月了 。

A：真是好消息！她還跟你說了什麼？

B： 她說她感覺很幸福，但懷孕並不容易 。

177

Elisa: A los españoles nos gusta comer con familia y amigos.
我們西班牙人喜歡和家人與朋友一起吃飯。

Carlos: ¿Qué dicen los españoles cuando empiezan a comer?
西班牙人在開始吃飯時會説什麼？

Elisa: En España, decimos "**¡Que aproveche!**".
在西班牙，我們會説「好好享用！」。

Carlos: ¿Qué dicen los españoles cuando les gusta mucho el sabor de una comida?
當西班牙人很喜歡某個食物的味道時，他們會説什麼？

Elisa: Decimos "está **buenísimo** o **buenísima**."
我們會説「這道菜好吃極了」。

* 西班牙人舉杯敬酒的時候，則會説 ¡Salud!（祝你健康）。

¡Que aproveche!　好好享用！

　　這個慣用句實際上是動詞 aprovechar 的虛擬式（不在本書文法範圍內），原意是「希望好好利用」，引申為「請好好享用（食物）」的意思。

buenísimo/buenísima　非常好吃的

　　形容詞 bueno/a 的字尾改為 -ísimo/a，就是「非常好吃、太好吃了」的意思。實際上通常會用 muy 表示「非常」的意思，-ísimo/a 較少用，使用這個字尾通常是為了達到比較誇張的效果。

練習題

I. 請填入動詞 decir 適當的形態。

    1. A: ¿Qué _____(decir, tú)?

      B: _____(decir, yo) que tengo clase de francés esta tarde.

    2. ¿Cómo _____(decirse) "Hola" en chino?

    3. ¿Qué _____(decir) los españoles cuando empiezan a comer?

    4. _____(decir) que los españoles son amables.

II. 請參考範例，用 decir 引述別人所說的話。

    例：**David: Tengo dos hijos. → (David) Dice que tiene dos hijos.**

    1. Lisa: Me gustan las películas españolas.

    2. Pedro: Ceno con mi novia dos veces por semana.

    3. Ana y Juana: Nos levantamos a las siete.

    4. Roberto y Julia: Ya hemos preparado la comida.

III. 請參考範例，將句中的「所有格形容詞 + 名詞」改為「un/una/unos/unas + 名詞 + 後置所有格形容詞」。

    例：**Elisa es mi amiga. → Elisa es una amiga mía.**

    1. Lucas es mi jefe.

    2. Cecilia es nuestra profesora.

    3. Antonio y Lucía son sus primos.

    4. Eva es mi tía.

    5. Ana y Elisa son vuestras compañeras.

IV. 請聽音檔，並選出符合對話內容的敘述，或者在空格中寫下適當的答案。

    🔊 音檔　🎧 20-501

    1. a. La mujer es española.

       b. El hombre es español.

    2. a. Los españoles duermen dos horas de siesta cada día.

       b. En muchas empresas españolas, los empleados comen por una hora y media.

       c. Muchos empleados en España no pueden descansar más de una hora y media al mediodía.

    3. A los españoles les gusta _____ en la playa.

    4. El hombre no esquía porque _____.

       * 會聽到的詞語：dormir 睡（第三人稱複數 duermen）｜ la siesta 小睡｜ más o menos 大約｜
          el país 國家｜ el/la empleado/a 員工｜ esquiar 滑雪

附錄

常用動詞變化表
解答篇

常用動詞變化表

原形		**abrir** 打開	**acostarse** 就寢	**apetecer** 使想吃／做	**aprender** 學習
陳述式簡單現在	1 單	abro	me acuesto	apetezco	aprendo
	2 單	abres	te acuestas	apeteces	aprendes
	3 單	abre	se acuesta	apetece	aprende
	1 複	abrimos	nos acostamos	apetecemos	aprendemos
	2 複	abrís	os acostáis	apetecéis	aprendéis
	3 複	abren	se acuestan	apetecen	aprenden
動副詞		abriendo	acostando	apeteciendo	aprendiendo
過去分詞		abierto	acostado	apetecido	aprendido

原形		**beber** 喝	**buscar** 找	**casarse** 結婚	**celebrar** 慶祝
陳述式簡單現在	1 單	bebo	busco	me caso	celebro
	2 單	bebes	buscas	te casas	celebras
	3 單	bebe	busca	se casa	celebra
	1 複	bebemos	buscamos	nos casamos	celebramos
	2 複	bebéis	buscáis	os casáis	celebráis
	3 複	beben	buscan	se casan	celebran
動副詞		bebiendo	buscando	casando	celebrando
過去分詞		bebido	buscado	casado	celebrado

原形		**cenar** 吃晚餐	**coger** 搭乘	**comer** 吃（午餐）	**comprar** 買
陳述式簡單現在	1 單	ceno	cojo	como	compro
	2 單	cenas	coges	comes	compras
	3 單	cena	coge	come	compra
	1 複	cenamos	cogemos	comemos	compramos
	2 複	cenáis	cogéis	coméis	compráis
	3 複	cenan	cogen	comen	compran
動副詞		cenando	cogiendo	comiendo	comprando
過去分詞		cenado	cogido	comido	comprado

原形		conocer 認識	contar 告訴，述說	costar 花費	creer 認為
陳述式簡單現在	1 單	conozco	cuento	cuesto	creo
	2 單	conoces	cuentas	cuestas	crees
	3 單	conoce	cuenta	cuesta	cree
	1 複	conocemos	contamos	costamos	creemos
	2 複	conocéis	contáis	costáis	creéis
	3 複	conocen	cuentan	cuestan	creen
動副詞		conociendo	contando	costando	creyendo
過去分詞		conocido	contado	costado	creído

原形		dar 給	decir 說（訊息）	dedicarse 從事	desayunar 吃早餐
陳述式簡單現在	1 單	doy	digo	me dedico	desayuno
	2 單	das	dices	te dedicas	desayunas
	3 單	da	dice	se dedica	desayuna
	1 複	damos	decimos	nos dedicamos	desayunamos
	2 複	dais	decís	os dedicáis	desayunáis
	3 複	dan	dicen	se dedican	desayunan
動副詞		dando	diciendo	dedicando	desayunando
過去分詞		dado	dicho	dedicado	desayunado

原形		descansar 休息	discutir 吵架	dormir 睡	empezar 開始
陳述式簡單現在	1 單	descanso	discuto	duermo	empiezo
	2 單	descansas	discutes	duermes	empiezas
	3 單	descansa	discute	duerme	empieza
	1 複	descansamos	discutimos	dormimos	empezamos
	2 複	descansáis	discutís	dormís	empezáis
	3 複	descansan	discuten	duermen	empiezan
動副詞		descansando	discutiendo	durmiendo	empezando
過去分詞		descansado	discutido	dormido	empezado

原形	encantar 使感到喜愛	escribir 寫	escuchar 聆聽	estar 在
陳述式簡單現在 1單	encanto	escribo	escucho	estoy
陳述式簡單現在 2單	encantas	escribes	escuchas	estás
陳述式簡單現在 3單	encanta	escribe	escucha	está
陳述式簡單現在 1複	encantamos	escribimos	escuchamos	estamos
陳述式簡單現在 2複	encantáis	escribís	escucháis	estáis
陳述式簡單現在 3複	encantan	escriben	escuchan	están
動副詞	encantando	escribiendo	escuchando	estando
過去分詞	encantado	escrito	escuchado	estado

原形	estudiar 念書	gustar 使感到喜歡	haber 完成式動詞；有	hablar 說話
陳述式簡單現在 1單	estudio	gusto	he	hablo
陳述式簡單現在 2單	estudias	gustas	has	hablas
陳述式簡單現在 3單	estudia	gusta	ha / hay（有）	habla
陳述式簡單現在 1複	estudiamos	gustamos	hemos	hablamos
陳述式簡單現在 2複	estudiáis	gustáis	habéis	habláis
陳述式簡單現在 3複	estudian	gustan	han	hablan
動副詞	estudiando	gustando	habiendo	hablando
過去分詞	estudiado	gustado	habido	hablado

原形	hacer 做	interesar 使有興趣	ir 去	jugar 玩
陳述式簡單現在 1單	hago	intereso	voy	juego
陳述式簡單現在 2單	haces	interesas	vas	juegas
陳述式簡單現在 3單	hace	interesa	va	juega
陳述式簡單現在 1複	hacemos	interesamos	vamos	jugamos
陳述式簡單現在 2複	hacéis	intereséis	vais	jugáis
陳述式簡單現在 3複	hacen	interesan	van	juegan
動副詞	haciendo	interesando	yendo	jugando
過去分詞	hecho	interesado	ido	jugado

原形		leer 閱讀	levantarse 起床	llamarse 叫做…	llegar 抵達
陳述式簡單現在	1 單	leo	me levanto	me llamo	llego
	2 單	lees	te levantas	te llamas	llegas
	3 單	lee	se levanta	se llama	llega
	1 複	leemos	nos levantamos	nos llamamos	llegamos
	2 複	leéis	os levantáis	os llamáis	llegáis
	3 複	leen	se levantan	se llaman	llegan
動副詞		leyendo	levantando	llamando	llegando
過去分詞		leído	levantado	llamado	llegado

原形		llevar 攜帶；持續	llover 下雨	nevar 下雪	oír 聽到
陳述式簡單現在	1 單	llevo	(lluevo)	(nievo)	oigo
	2 單	llevas	(llueves)	(nievas)	oyes
	3 單	lleva	llueve	nieva	oye
	1 複	llevamos	(llovemos)	(nevamos)	oímos
	2 複	lleváis	(llovéis)	(neváis)	oís
	3 複	llevan	(llueven)	(nievan)	oyen
動副詞		llevando	lloviendo	nevando	oyendo
過去分詞		llevado	llovido	nevado	oído

原形		pagar 付款	parecer 似乎	pasar 發生；度過	pasear 散步
陳述式簡單現在	1 單	pago	parezco	paso	paseo
	2 單	pagas	pareces	pasas	paseas
	3 單	paga	parece	pasa	pasea
	1 複	pagamos	parecemos	pasamos	paseamos
	2 複	pagáis	parecéis	pasáis	paseáis
	3 複	pagan	parecen	pasan	pasean
動副詞		pagando	pareciendo	pasando	paseando
過去分詞		pagado	parecido	pasado	paseado

原形	pedir 要求；訂購	pensar 想	poder 能，可以	poner 放置
陳述式簡單現在 1單	pido	pienso	puedo	pongo
2單	pides	piensas	puedes	pones
3單	pide	piensa	puede	pone
1複	pedimos	pensamos	podemos	ponemos
2複	pedís	pensáis	podéis	ponéis
3複	piden	piensan	pueden	ponen
動副詞	pidiendo	pensando	pudiendo	poniendo
過去分詞	pedido	pensado	podido	puesto

原形	preferir 偏好	preparar 準備	quedar 相約；留下	querer 想要
陳述式簡單現在 1單	prefiero	preparo	quedo	quiero
2單	prefieres	preparas	quedas	quieres
3單	prefiere	prepara	queda	quiere
1複	preferimos	preparamos	quedamos	queremos
2複	preferís	preparáis	quedáis	queréis
3複	prefieren	preparan	quedan	quieren
動副詞	prefiriendo	preparando	quedando	queriendo
過去分詞	preferido	preparado	quedado	querido

原形	romper 打破	saber 知道	salir 離開，出門	ser 是
陳述式簡單現在 1單	rompo	sé	salgo	soy
2單	rompes	sabes	sales	eres
3單	rompe	sabe	sale	es
1複	rompemos	sabemos	salimos	somos
2複	rompéis	sabéis	salís	sois
3複	rompen	saben	salen	son
動副詞	rompiendo	sabiendo	saliendo	siendo
過去分詞	roto	sabido	salido	sido

原形		soler 習慣	tener 擁有	tomar 拿	trabajar 工作
陳述式簡單現在	1 單	suelo	tengo	tomo	trabajo
	2 單	sueles	tienes	tomas	trabajas
	3 單	suele	tiene	toma	trabaja
	1 複	solemos	tenemos	tomamos	trabajamos
	2 複	soléis	tenéis	tomáis	trabajáis
	3 複	suelen	tienen	toman	trabajan
動副詞		soliendo	teniendo	tomando	trabajando
過去分詞		solido	tenido	tomado	trabajado

原形		valer 價值	vender 賣	venir 來	ver 看
陳述式簡單現在	1 單	valgo	vendo	vengo	veo
	2 單	vales	vendes	vienes	ves
	3 單	vale	vende	viene	ve
	1 複	valemos	vendemos	venimos	vemos
	2 複	valéis	vendéis	venís	veis
	3 複	valen	venden	vienen	ven
動副詞		valiendo	vendiendo	viniendo	viendo
過去分詞		valido	vendido	venido	visto

原形		viajar 旅行	visitar 拜訪	vivir 住，生活	volver 返回
陳述式簡單現在	1 單	viajo	visito	vivo	vuelvo
	2 單	viajas	visitas	vives	vuelves
	3 單	viaja	visita	vive	vuelve
	1 複	viajamos	visitamos	vivimos	volvemos
	2 複	viajáis	visitáis	vivís	volvéis
	3 複	viajan	visitan	viven	vuelven
動副詞		viajando	visitando	viviendo	volviendo
過去分詞		viajado	visitado	vivido	vuelto

Lección 1

I.
1. 您好嗎？
2. 我很好。
3. 你好嗎？
4. 再見。
5. 早安。

II.
1. c　2. a　3. c　4. c　5. c

III.
estás / estás / va / estoy

Lección 2

I.
1. 我是台灣人（女性）。我來自台北。
2. 我們是日本人。
3. 妳是日本人（女性）嗎？
4. Pablo 和 Emilia 是西班牙人。
5. Ema 來自哪裡？

II.
1. es　2. sois　3. eres　4. se llama　5. se llama

III.
soy / te llamas / Me llamo / Soy de / soy / Encantada

IV.
1. b　2. a　3. a

音檔內容

①
Hombre: Me llamo Antonio. Encantado.
Mujer: Encantada. Me llamo Sara. Soy de Francia.
　　　　¿Y tú?
Hombre: Soy Italiano.
男：我叫 Antonio。很高興認識妳。
女：很高興認識你。我叫 Sara。我來自法國。那你
　　呢？
男：我是義大利人。

②
Hombre: ¿Quiénes son las chicas? ¿Son
　　　　estudiantes?
Mujer: Sí. Son Nina y Ema. Nina es de Italia, y Ema
　　　　de Portugal.
男：那些女孩是誰？她們是學生嗎？
女：對。她們是 Nina 和 Ema。Nina 來自義大利，
　　Ema 來自葡萄牙。

③
Mujer: ¡Hola! Me llamo Cristina. ¿Cómo te llamas?
Hombre: ¡Hola! Yo soy Akira, de Japón. ¿Y tú?
Mujer: Soy española.
Hombre:¿Eres de aquí?

Mujer: No, no soy de Madrid. Soy de Barcelona.

女：嗨！我叫 Cristina。你叫什麼名字？
男：嗨！我叫 Akira，我來自日本。妳呢？
女：我是西班牙人。
男：妳是本地人嗎？
女：不，我不是來自馬德里。我來自巴塞隆納。

Lección 3

I.
1. c　2. b　3. d　4. a　5. e

II.
1. hablo　2. trabajamos　3. se dedica　4. se llama
5. cantas

III.
1. hace　2. se dedica　3. profesión　4. enfermera
5. desempleado

IV.
1. b　2. a　3. a　4. b

音檔內容

①
Hombre: Buenos días. Me llamo Pablo González.
Mujer: ¿A qué se dedica ahora? ¿Es estudiante?
Hombre: No, estoy de dependiente en un
　　　　supermercado.
Mujer: ¿Habla inglés?
Hombre: Un poco, pero hablo muy bien español.
男：早安。我叫 Pablo González。
女：您現在從事什麼職業？您是學生嗎？
男：不是，我目前是超市店員。
女：您（會）說英語嗎？
男：會一點，但我西班牙語說得很好。

②
Mujer: ¡Hola! Antonio.
Hombre: ¡Hola! Eva. ¿Qué tal? ¿Qué haces ahora?
Mujer: Trabajo de médica.
Hombre: ¿Dónde trabajas?
Mujer: Trabajo en una clínica. ¿Y tú? ¿Qué
　　　　profesión tienes?
Hombre: Yo soy peluquero.
Mujer: ¿Estás contento con el trabajo?
Hombre: Sí.
Mujer: Muy bien.
男：嗨！Antonio。
男：嗨！Eva。妳好嗎？妳現在做什麼工作？
女：我是醫師。
男：妳在哪裡工作？
女：我在一家診所工作。你呢？你的職業是什麼？
男：我是髮型師。
女：你對工作滿意嗎？
男：是啊。
女：太好了。

Lección 4

I.
1. hambre 2. fiebre 3. deprimida 4. contento
5. nerviosas

II.
1. estoy 2. tiene 3. tienen 4. está 5. tienes

III.
1. comen 2. bebe 3. lees 4. vendo

IV.
1. a 2. a 3. a 4. b

音檔內容

①
Mujer: ¡Hola! Antonio. ¿Cómo va todo?
Hombre: Estoy muy cansado.
Mujer: ¿Qué te pasa? ¿Estás enfermo?
Hombre: No. Estoy cansado porque tengo mucho
　　　　trabajo.
Mujer: Tienes que descansar.
女：嗨！Antonio。一切都還好嗎？
男：我非常疲倦。
女：你怎麼了？你生病了嗎？
男：沒有。我疲倦是因為有很多工作。
女：你需要休息。

②
Hombre: ¡Hola! Eva. ¿Cómo estás?
Mujer: ¡Hola! Juan. Estoy muy contenta porque
　　　　tengo un trabajo nuevo.
Hombre: ¡Felicidades! ¿Qué haces?
Mujer: Trabajo de dependienta en el supermercado
　　　　"Mercadía". Es muy grande.
Hombre: Es verdad.
男：嗨！Eva。妳好嗎？
女：嗨！Juan。我很開心，因為我有新工作了。
男：恭喜！妳做什麼工作？
女：我在「Mercadía」超市當店員。那裡很大。
男：這是真的。

Lección 5

I.
1. encima 2. enfrente 3. al lado 4. lejos 5. cerca

II.
1. e 2. c 3. d 4. b 5. a

III.
1. vivís 2. abre 3. escribimos 4. discuten

IV.
1. b 2. a 3. a 4. b

音檔內容

①
Mujer: Perdona. ¿Dónde está la catedral?
Hombre: Está al final de la calle, delante de una
　　　　plaza y al lado de un hospital.

Mujer: ¿Está lejos de aquí?
Hombre: No, está cerca de aquí.
女：不好意思。主教座堂在哪裡？
男：在這條街的盡頭，廣場的前面、醫院旁邊。
女：離這裡很遠嗎？
男：不會，離這裡很近。

②
Hombre: ¿Vives cerca de aquí?
Mujer: Sí, vivo en un piso en la calle Silva.
Hombre: ¿Dónde está el piso?
Mujer: Está al lado de la cafetería "Prima Donna".
Hombre: Oh, es la cafetería al lado de la farmacia.
男：妳住得離這裡近嗎？
女：是啊，我住在 Silva 街的一間公寓。
男：公寓在哪裡？
女：在「Prima Donna」咖啡店旁邊。
男：噢，是藥局旁邊的咖啡店。

Lección 6

I.
1. e 2. d 3. a 4. b 5. c

II.
1. unas 2. unos 3. una 4. un 5. unas

III.
1. La 2. Los 3. una 4. al 5. del

IV.
1. a 2. b 3. a 4. b

音檔內容

①
Hombre: ¿Dónde está el supermercado?
Mujer: Está al final de la calle.
Hombre: ¿Hay una farmacia en el supermercado?
Mujer: No, pero hay una cerca del supermercado.
　　　　Está al lado de un hospital.
男：超市在哪裡？
女：在這條街的盡頭。
男：超市裡有藥局嗎？
女：沒有，但是在超市附近有一家。在醫院旁邊。

②
Hombre: Hola, Elisa.
Mujer: Hola, Alejandro. ¿Hay un proyector en el
　　　　aula?
Hombre: Sí, hay uno allí, pero no hay ordenador.
　　　　¿Tienes ordenador portátil?
Mujer: No, pero Pablo tiene uno.
男：嗨，Elisa。
女：嗨，Alejandro。教室裡有投影機嗎？
男：有，那裡有一台，但是沒有電腦。妳有筆記型電
　　腦嗎？
女：沒有，但是 Pablo 有一台。

Lección 7

I.

1. madre 2. sobrino 3. suegro 4. tío 5. tía

II.

1. Sus 2. Nuestra 3. tus 4. mi 5. su

III.

1. (Yo) Tengo un hermano menor.
2. (Él) Tiene una hermana mayor.
3. Ana es más alta que Elisa.
4. (Yo) Como menos que Ana.
5. (Yo) Tengo tantos libros como Ana.

IV.

1. b 2. a 3. a 4. b

音檔內容

①

Mujer: Yo vivo con mis padres en una casa con jardín. Es muy grande.

Hombre: ¡Qué bien! ¿Y tus tíos? ¿Dónde viven?

Mujer: Mi tío José vive con nosotros. Es hermano menor de mi padre.

Hombre: ¿Tu tía Alicia tambien vive con vosotros?

Mujer: No, ella vive en Valencia.

女：我跟爸媽住在有花園的房子。房子非常大。

男：真好！那妳的叔叔和姑姑呢？他們住在哪裡？

女：我叔叔 José 跟我們一起住。他是我爸爸的弟弟。

男：妳的姑姑 Alicia 也跟你們一起住嗎？

女：不是，她住在瓦倫西亞。

②

Hombre: ¿Quién es el hombre de allí?

Mujer: Es el señor Martínez, el nuevo profesor de inglés.

Homer: ¿Y cómo es?

Mujer: Es más guapo que el señor Domínguez. Pero no es tan alto como el señor Domínguez.

男：那邊那個男人是誰？

女：是 Martínez 老師，新的英語老師。

男：那他怎麼樣呢？

女：他長得比 Domínguez 老師帥。但他的身高不如 Domínguez 老師高。

Lección 8

I.

1. Conoces 2. Sabes, sé 3. Sabe 4. conoce

II.

1. vamos a 2. van de 3. voy a 4. va de 5. vas a

III.

1. Podemos hacer pícnic en el parque.
2. ¿Puedo comer la/esta pizza?
3. Puedes quedarte en mi casa esta noche.

IV.

1. b 2. b 3. a 4. b

音檔內容

①

Mujer: ¿Qué tal si vamos de compras esta tarde?

Hombre: ¿A dónde vamos?

Mujer: Podemos ir al centro comercial.

Hombre: ¿Dónde está? No conozco muy bien París. Además, no sé francés.

Mujer: Yo sé dónde está. Y yo sé francés. ¡Vamos!

女：我們今天下午去購物怎麼樣？

男：我們去哪裡？

女：我們可以去購物中心。

男：在哪裡？我對巴黎不太熟悉。而且，我不懂法語。

女：我知道在哪裡。而且我懂法語。我們一起去吧！

②

Mujer: ¿Conoces a ese hombre guapo?

Hombre: Sí, es Lucas, mi compañero. Es inglés, pero sabe muy bien español también.

Mujer: ¿Tiene novia?

Hombre: No lo sé, pero tiene unas amigas.

女：你認識那個很帥的男人嗎？

男：認識，他是 Lucas，我的同事／同學。他是英國人，但他也很會西班牙語。

女：他有女朋友嗎？

男：我不知道，但他有一些女性朋友。

Lección 9

I.

1. b 2. a 3. d 4. e 5. c

II.

1. dieciocho 2. treinta y una 3. veintiséis
4. cincuenta y un 5. doce

III.

1. Va a hacer pícnic en el primer día (de vacaciones).
2. Va a hacer ejercicio en el segundo día (de vacaciones).
3. Va a leer un libro en el tercer día (de vacaciones).
4. Va a estudiar español en el cuarto día (de vacaciones).
5. Va a comprar ropa en el quinto día (de vacaciones).

IV.

1. a 2. a 3. a 4. b

音檔內容

①

Mujer: Mañana es el cumpleaños de mi hijo Pedro.

Hombre: ¡Felicidades! ¿Cuántos cumple?

Mujer: Cumple dieciséis años.

Hombre: ¿Y cuántos años tiene tu hija?

Mujer: Tiene once años.

女：明天是我兒子 Pedro 的生日。

男：恭喜！他要過幾歲生日？

女：他要 16 歲了。

男：那妳女兒幾歲？
女：她 11 歲。

②

Hombre: Mañana voy a una fiesta con mis
compañeros de oficina. Puedes venir
conmigo.
Mujer: Bien, pero ¿cuántas personas van a la fiesta?
Hombre: Trece personas en total.
Mujer: ¿Y dónde hacéis la fiesta?
Hombre: En el primer piso del restaurante Rocío.

男：明天我要跟我辦公室同事去一場派對。妳可以跟
我一起來。
女：好啊，但是有幾個人會去派對？
男：總共 13 個人。
女：那你們會在哪裡舉辦派對呢？
男：在 Rocío 餐廳的第一層（二樓）。

Lección 10

I.

Se ducha a las siete menos cuarto (de la mañana).
Desayuna a las siete y media (de la mañana).
Come a las doce (del mediodía). / Come a(l) mediodía.
Cena a las ocho y cuarto (de la noche).
Se acuesta a las once y veinte (de la noche).

II.

A: ¿Qué día es hoy?
B: Es jueves.
A: ¿Qué fecha es hoy?
B: Es (día) veintiséis de junio.
A: ¿Cúando/Qué fecha es el cumpleaños de Julia?
B: Es lunes, el (día) catorce de julio.

III.

1. te levantas, me levanto   2. se afeita   3. se acuestan
4. nos cepillamos

IV.

1. b   2. a   3. b   4. a

音檔內容

①

Hombre: ¿A qué hora desayunas?
Mujer: Normalmente a las 7, pero voy a desayunar
a las 6 este viernes.
Hombre: ¿Tienes clase el viernes por la mañana?
Mujer: Sí, tengo clase a las 7 el viernes, y tengo
que salir de casa a las 6 y media.

男：妳幾點吃早餐？
女：通常在 7 點，但我這星期五要在 6 點吃早餐。
男：妳星期五早上有課嗎？
女：是啊，我星期五上午 7 點有課，我必須在 6 點
半出門。

②

Mujer: ¿Qué fecha es hoy?

Hombre: Es 8 de agosto. ¿Por qué?
Mujer: ¿Hoy es día 8? ¡Mañana es el cumpleaños
de María! Tengo que comprar una tarta.
Hombre: Conozco una pastelería muy buena por
aquí cerca. Esta tarde compramos la tarta
allí. ¿Qué te parece?
Mujer: ¡Buena idea!

女：今天是幾月幾日？
男：是 8 月 8 日。為什麼（問）？
女：今天是 8 號？明天是 María 的生日！我必須買
一個蛋糕。
男：我知道這附近一家很不錯的蛋糕店。我們今天下
午在那裡買蛋糕吧。妳覺得怎樣？
女：好主意！

Lección 11

I.

1. cien   2. doscientas   3. quinientos
4. novecientas quince   5. trescientos cincuenta

II.

1. ¿Cuánto cuesta el traje? / Cuesta doscientos
cuarenta y nueve euros.
2. ¿Cuánto es? / Son veintisiete euros con noventa y
cinco.
3. ¿A cuánto están las lentejas? / Están a tres euros
con cuarenta y nueve el kilo.

III.

1. a   2. b   3. a   4. a

IV.

1. 1,09 / 1,69   2. 2,78   3. el vestido blanco / 129

音檔內容

①

Mujer: ¡Buenos días! ¿En qué puedo ayudarle?
Hombre: ¿A cuánto están las uvas?
Mujer: Están a €1,09 el kilo.
Hombre: ¿Cuánto vale un kilo de naranjas?
Mujer: €1,69.
Hombre: Entonces, póngame un kilo de uvas y un
kilo de naranjas, por favor.
Mujer: Muy bien. Son €2,78.

女：早安！我可以幫您什麼忙呢？
男：葡萄時價多少錢？
女：每公斤 1.09 歐元。
男：一公斤柳橙要多少錢？
女：1.69 歐元。
男：那麼，請給我一公斤的葡萄和一公斤的柳橙。
女：好的。總共是 2.78 歐元。

②

Hombre: Quiero comprar un vestido para mi novia.
Mujer: Tenemos este vestido blanco y ese vestido
rojo.

Hombre: Este vestido blanco es muy bonito. ¿Cuánto vale?
Mujer: A ver. Son €129.
Hombre: Me lo llevo.
男：我想買一件洋裝給我的女朋友。
女：我們有這件白色的洋裝，和那件紅色的洋裝。
男：這件白色的洋裝非常漂亮。這要多少錢？
女：我看看。是 129 歐元。
男：我買這件。

Lección 12

I.
1. A David le apetece   2. A nosotros nos encantan
3. A ellos les gustan   4. A ti te interesa

II.
1. puede   2. tienes que   3. va a   4. quieres

III.
1. Me gusta más hacer ejercicio que ir de compras. /
   Me gusta más ir de compras que hacer ejercicio.
2. Prefiero leer a trabajar. / Prefiero trabajar a leer.
3. Prefiero la mañana a la noche. / Prefiero la noche a la mañana.

IV.
1. b 2. a 3. b 4. b

音檔內容
①
Mujer: Me gusta mucho la tarta de chocolate, ¿y a ti?
Hombre: A mí también, pero no puedo comer las tartas. Tengo que adelgazar.
Mujer: Entonces, ¿qué quieres?
Hombre: Pues, un café.
Mujer: ¿Con leche o no?
Hombre: Prefiero el café con leche.
女：我很喜歡巧克力蛋糕，你呢？
男：我也喜歡，但是我不能吃蛋糕。我必須瘦身。
女：那麼，你想要什麼？
男：嗯，一杯咖啡。
女：要加牛奶還是不要？
男：我比較喜歡加牛奶的咖啡（拿鐵咖啡）。
②
Mujer: Me gusta pasear por el parque, ¿y a ti?
Hombre: Yo prefiero ir a la montaña porque puedo tomar aire fresco.
Mujer: Supongo que te gusta ir de viaje también, ¿verdad? ¿Te interesa ir conmigo en mayo?
Hombre: ¿Adónde vas?
Mujer: A Salamanca o Sevilla. ¿Adónde prefieres ir?
Hombre: Prefiero ir a Salamanca. Sevilla es muy bonita también, pero está más lejos de aquí.
女：我喜歡在公園散步，你呢？
男：我比較喜歡登山，因為我可以呼吸新鮮空氣。

女：我猜想你也喜歡旅行，對嗎？你有興趣在五月和我一起去旅行嗎？
男：你要去哪裡？
女：薩拉曼加或者塞維亞。你比較喜歡去哪裡？
男：我比較喜歡去薩拉曼加。塞維亞也很美，但離這裡比較遠。

Lección 13

I.
1. cantando 2. bailando 3. fumando 4. corriendo
5. vendiendo 6. discutiendo

II.
1. Ana está estudiando.
2. Los niños están viendo la tele.
3. Mis padres están preparando una fiesta.
4. Pedro y yo están jugando al fútbol.
5. (Yo) estoy leyendo un libro.

III.
1. contigo 2. conmigo 3. sola 4. juntos

IV.
1. b 2. b 3. a 4. b

音檔內容
①
Mujer: ¿Qué estás haciendo?
Hombre: Estoy estudiando. ¿Por qué?
Mujer: Estoy tomando café con Ema en la cafetería Suiza. ¿Quieres venir?
Hombre: Lo siento, pero voy a cenar en casa porque mi madre ya está preparando la comida.
Mujer: No pasa nada.
女：你在做什麼？
男：我在讀書。為什麼（問）？
女：我正在「瑞士」咖啡店和 Ema 喝咖啡。你想要來嗎？
男：抱歉，但我要在家吃晚餐，因為我媽媽已經在準備餐點了。
女：沒關係。
②
Hombre: ¿Qué estás haciendo?
Mujer: Estoy aprendiendo inglés, pero es muy difícil aprender inglés sola.
Hombre: Puedes aprenderlo en la academia. Creo que es más interesante aprender inglés con los amigos.
Mujer: Es una buena idea, pero a mis amigos no les interesa estudiar.
Hombre: Pues, puedo ir contigo. Yo también quiero aprender inglés porque me encantan las películas americanas.
男：妳在做什麼？
女：我在學英語，但我一個人學英語很困難。

男：妳可以在補習班學英語。我覺得跟朋友們一起學英語比較有趣。

女：這是個好主意，但我的朋友們對於學習不感興趣。

男：嗯，我可以跟妳一起去。我也想學英語，因為我很喜歡美國電影。

Lección 14

I.

1. cenado 2. nadado 3. descansado 4. bebido
5. comprendido 6. discutido

II.

1. (Yo) he ido a Taipei.
2. Mi novia y yo hemos trabajado aquí.
3. Mis hermanos han cenado en casa.
4. Los estudiantes han leído el libro.
5. Lucas ha escrito un email.

III.

1. a 2. b 3. a 4. b 5. b

IV.

1. a 2. a 3. a 4. b

音檔內容

①

Hombre: ¿Has ido a Kenting? Voy allí con mi familia este fin de semana, pero es mi primera vez.

Mujer: Yo he ido varias veces. Hay muchas playas bonitas en Kenting.

Hombre: ¿Has buceado en Kenting?

Mujer: Por supuesto. Me gusta mucho lo que he visto bajo el mar.

Hombre: Entonces tengo que bucear también.

男：妳去過墾丁嗎？我這個週末會和家人去那裡，但這是我的第一次。

女：我去過好幾次。墾丁有許多美麗的海灘。

男：妳曾經在墾丁潛水嗎？

女：當然。我很喜歡我在海裡看到的（事物）。

男：那麼我也得潛水才行了。

②

Mujer: Este viernes es el cumpleaños de David.

Hombre: ¿Has preparado el regalo para él?

Mujer: He comprado una chaqueta, y voy a hacer una fiesta para él. ¿Quieres venir?

Hombre: De acuerdo. Pero no sé qué le gusta.

Mujer: A él le gusta leer novelas. Puedes comprarle una.

Hombre: Buena idea.

女：這個星期五是 David 的生日。

男：妳準備了給他的禮物嗎？

女：我買了一件外套，還會為他辦一場派對。你想來嗎？

男：好啊。但我不知道他喜歡什麼。

女：他喜歡讀小說。你可以買一本給他。

男：好主意。

Lección 15

I.

1. Quieres 2. Tienes 3. Estás 4. Tienes

II.

1. ir de camping 2. cenar conmigo 3. vamos al cine
4. quedamos a las 12(doce)

III.

Estás libre/Tienes tiempo libre
Te interesa ir al cine conmigo
Dónde quedamos
quedamos en la estación de metro

IV.

1. b 2. 2(dos) 3. se levanta (muy) tarde
4. (la) casa de la mujer

音檔內容

Hombre: Mañana es sábado. ¿Qué te parece si vamos al cine?

Mujer: No me interesa mucho.

Hombre: ¿Te apetece ir a la exposición de arte?

Mujer: Me parece muy bien. ¿A qué hora quedamos?

Hombre: Quedamos a las doce. ¿Te parece bien?

Mujer: Pero me levanto muy tarde los fines de semana. ¿Qué tal si quedamos a las dos?

Hombre: De acuerdo. ¿Qué te parece si quedamos en tu casa?

Mujer: Muy bien. Hasta luego.

男：明天是星期六。妳覺得我們去電影院（看電影）怎麼樣？

女：我沒什麼興趣。

男：妳想去藝術展覽嗎？

女：我覺得很好。我們約幾點？

男：我們約 12 點吧。妳覺得好嗎？

女：但是我週末起床很晚。我們約 2 點怎麼樣？

男：好啊。妳覺得我們約在妳家怎麼樣？

女：很好。到時候見。

Lección 16

I.

1. alta 2. nubes 3. frío 4. lloviendo 5. nevado

II.

1. hay 2. Hace 3. hace 4. Hay 5. Hace

III.

1. es 2. Estamos 3. Está 4. Está 5. es

IV.

1. 28 (veintiocho) 2. b 3. a
4. llueve mucho por la tarde

①

Hombre: ¿Qué te parece si paseamos por el parque esta tarde?

Mujer: El tiempo es muy cálido ahora. ¿Qué temperatura hace ahora?

Hombre: La temperatura es de 28 grados aproximadamente.

Mujer: No me gusta la temperatura alta. ¿Qué te parece si tomamos un café en una cafetería cercana?

Hombre: Buena idea.

男：妳覺得我們今天下午在公園散步怎麼樣？
女：現在天氣非常熱。現在氣溫幾度？
男：氣溫大約 28 度。
女：我不喜歡高溫（很熱的天氣）。你覺得我們在附近一家咖啡店喝咖啡怎麼樣？
男：好主意。

②

Mujer: ¿Cómo está el tiempo en Madrid?

Hombre: Está soleado y hace mucho calor. Llueve muy poco en Madrid en verano. ¿Qué tal el tiempo en Taipei?

Mujer: También hace mucho calor aquí, pero llueve mucho por la tarde esta semana.

Hombre: Entonces, ¿hace menos calor por la noche?

Mujer: Sí, el tiempo es muy agradable por la noche.

女：馬德里天氣怎麼樣？
男：陽光普照，而且很熱。馬德里夏天很少下雨。台北天氣怎樣？
女：這裡也很熱，但這禮拜下午下很多雨。
男：那麼，晚上比較不熱嗎？
女：是啊，晚上天氣非常宜人。

Lección 17

I.

1. Siempre   2. Rara vez   3. A menudo   4. Normalmente   5. A veces

II.

1. se ducha / desayunar   2. desayuna / ducharse
3. lee un libro / irse a la cama   4. se va a la cama / leer un libro

III.

1. Solemos pasear después de cenar.
2. Mis padres suelen hacer la compra los domingos.
3. Suelo levantarme a las siete.

IV.

1. viernes   2. b   3. hace footing

4.

	週一	週二	週三	週四	週五	要做的事
男	√		√		√	tener (/ir a) clase de inglés
女		√				ir al gimnasio

5. jueves

①

Hombre: ¿Tienes clase cada día?

Mujer: No, no tengo clase los viernes. ¿Y tú?

Hombre: Solo tengo clase tres días a la semana.

Mujer: ¿Qué sueles hacer cuando no tienes clase?

Hombre: Suelo hacer footing en el parque.

男：妳每天都有課嗎？
女：不，我每週五沒有課。你呢？
男：我每週只有三天有課。
女：你沒有課的時候習慣做什麼？
男：我習慣在公園慢跑。

②

Mujer: ¿Qué tal si cenamos en un restaurante francés este miércoles?

Hombre: Lo siento. Tengo clase de inglés los lunes, miércoles y viernes. ¿Qué te parece si cenamos este martes?

Mujer: Suelo ir al gimnasio los martes por la noche. Podemos cenar este jueves.

Hombre: De acuerdo.

女：我們這週三在一家法式餐廳吃晚餐怎麼樣？
男：抱歉。我每週一、三、五有英語課。妳覺得（我們）這週二吃（晚餐）怎麼樣？
女：我每週二晚上習慣去健身房。我們可以在這週四吃晚餐。
男：好啊。

Lección 18

I.

1. Es   2. comunicando   3. se pone   4. hablar

II.

1. b   2. c   3. a   4. d

III.

1. a   2. soleado   3. ir a la playa
4. la cafetería cerca de la playa

Mujer: ¿Diga? ¿Es Antonio?

Hombre: Sí, soy yo. ¿Con quién hablo?

Mujer: Con Ana. Te he llamado muchas veces por la mañana, pero no has cogido el teléfono.

Hombre: Es que me levanto muy tarde los fines de semana.

Mujer: Bueno. Oye, está soleado hoy, y me parece una buena idea si vamos a la playa juntos. ¿Tienes tiempo libre esta tarde?

Hombre: Sí, no tengo ningún plan esta tarde. ¿Dónde quedamos?

Mujer: ¿Qué tal si quedamos en la cafetería cerca de la playa?

Hombre: De acuerdo. Hasta pronto.

女：喂？是 Antonio 嗎？

男：我是。請問您是哪位？

女：我是 Ana。我上午打了很多次電話給你，但你沒有接電話。

男：是因為我週末很晚起床的關係。

女：好吧。對了，今天陽光普照，我覺得我們一起去海灘是個好主意。你今天下午有空嗎？

男：有空，今天下午我沒有任何計畫。我們約在哪裡呢？

女：我們約在海灘附近的咖啡店怎麼樣？

男：好啊。待會見。

Lección 19

I.

1. c 2. a 3. b 4. d

II.

1. escucha música / lee un libro
2. come pizza / ve la tele(visión) [la serie]（la serie：劇集）

III.

1. Cuando hace buen tiempo, me gusta pasear por el parque.
2. Cuando tengo tiempo libre, leo un libro.
3. Creo que Mónica está en el supermercado.

IV.

1. pasea por el parque / va a la playa 2. a 3. contento
4. rara vez

音檔內容

Mujer: ¿Qué haces cuando estás deprimido?

Hombre: Prefiero quedarme en casa cuando estoy de mal humor. ¿Y tú?

Mujer: Yo paseo por el parque o voy a la playa. Creo que el sol me hace sentir mejor.

Hombre: Pero, no me gusta salir de casa cuando el tiempo es cálido.

Mujer: Cuando estás deprimido, no es bueno quedarte siempre en casa. Puedes hacer ejercicio en el gimnasio para ponerte más contento.

Hombre: Rara vez hago ejercicio, pero voy a intentarlo.

女：你沮喪的時候會做什麼？

男：心情不好的時候，我比較喜歡待在家裡。妳呢？

女：我會在公園散步，或者去海邊。我認為太陽會讓我感覺比較好。

男：但天氣熱的時候我不喜歡離開家門。

女：當你沮喪的時候，總是待在家裡並不好。你可以在健身房做運動，讓你感覺更快樂。

男：我很少做運動，但我會試試看。

Lección 20

I.

1. dices, Digo 2. se dice 3. dicen 4. Dicen

II.

1. (Lisa) Dice que le gustan las películas españolas.
2. (Pedro) Dice que cena con su novia dos veces por semana.
3. (Ana y Juana) Dicen que se levantan a las siete.
4. (Roberto y Julia) Dicen que ya han preparado la comida.

III.

1. Lucas es un jefe mío.
2. Cecilia es una profesora nuestra.
3. Antonio y Lucía son unos primos suyos.
4. Eva es una tía mía.
5. Ana y Elisa son unas compañeras vuestras.

IV.

1. b 2. c 3. tomar el sol / pasar el tiempo
4. no le gustan los deportes

音檔內容

Mujer: Dicen que los españoles no trabajan mucho, porque cada día duermen 2 horas de siesta. ¿Es verdad?

Hombre: Pues, no es verdad. En España, trabajamos 8 horas más o menos cada día, como en otros países. Además, en muchas empresas, los empleados solo tienen una hora y media para comer y descansar.

Mujer: Y los fines de semana, ¿qué hacen los españoles? Dicen que os gusta tomar el sol.

Hombre: Sí, es verdad. Pasamos mucho tiempo en la playa en verano.

Mujer: ¿Y en invierno?

Hombre: Unos amigos míos van a esquiar, pero yo no esquío. Es que no me gustan los deportes.

女：聽說西班牙人工作得不多，因為他們每天都睡 2 小時午覺。是真的嗎？

男：嗯，不是真的。在西班牙，我們每天大約工作 8 小時，就像在其他國家一樣。而且，在許多公司，員工只有一個半小時吃午飯和休息。

女：在週末，西班牙人做什麼？聽說你們喜歡曬太陽。

男：對，是真的。我們夏天在海邊度過很多時間。

女：那在冬天呢？

男：我的幾個朋友會去滑雪，但我不滑雪。是因為我不喜歡體育活動的關係。

台灣廣廈 國際出版集團
Taiwan Mansion International Group

國家圖書館出版品預行編目（CIP）資料

全新開始！學西班牙語 / 鄭雲英著. -- 初版. -- 新北市：國際學
村出版社，2023.08
　　面；　公分.
ISBN 978-986-454-293-2
1.CST: 西班牙語　2.CST: 讀本

804.78　　　　　　　　　　　　　　　　112008934

 國際學村

全新開始！學西班牙語
專為華人設計的西班牙語入門課本，
從簡易會話、文法教學、句型套用到試題練習，一本全備！

作　　　者／鄭雲英　　　　　編輯中心編輯長／伍峻宏・編輯／賴敬宗
審　校　者／馮志宇　　　　　封面設計／曾詩涵・內頁排版／東豪
　　　　　　　　　　　　　　製版・印刷・裝訂／東豪・弼聖・秉成

行企研發中心總監／陳冠蒨　　線上學習中心總監／陳冠蒨
媒體公關組／陳柔彣　　　　　數位營運組／顏佑婷
綜合業務組／何欣穎　　　　　企製開發組／江季珊

發　行　人／江媛珍
法 律 顧 問／第一國際法律事務所 余淑杏律師・北辰著作權事務所 蕭雄淋律師
出　　　版／國際學村
發　　　行／台灣廣廈有聲圖書有限公司
　　　　　　地址：新北市235中和區中山路二段359巷7號2樓
　　　　　　電話：（886）2-2225-5777・傳真：（886）2-2225-8052
讀者服務信箱／cs@booknews.com.tw

代理印務・全球總經銷／知遠文化事業有限公司
　　　　　　地址：新北市222深坑區北深路三段155巷25號5樓
　　　　　　電話：（886）2-2664-8800・傳真：（886）2-2664-8801
郵 政 劃 撥／劃撥帳號：18836722
　　　　　　劃撥戶名：知遠文化事業有限公司（※單次購書金額未達1000元，請另付70元郵資。）

■出版日期：2023年08月　　　ISBN：978-986-454-293-2
　　　　　　　　　　　　　　版權所有，未經同意不得重製、轉載、翻印。

Complete Copyright ©2023 by Taiwan Mansion Books Group.
All rights reserved.